乐死人的文学史

隋代篇

一套写给中小学生的文学史

主编◎窦昕

石油工業出版社

《乐死人的文学史》编委会

主　　编　窦　昕

执行主编　赵伯奇　张国庆

豆神编审委员会

窦　昕　赵伯奇　张国庆

朱雅特　魏梦琦　殷程其

编　　者　白　玲　胡　迪　刘　莹

罗瑞辰　罗骏媛　尚　梅

周春亮　宋蔚奇　李思睿

边筱晶　付　强　赵思蔚

陈吉赫　李　笑　刘　飞

孙　丽　房玥彤　梁　燕

隋　妍　王　琪　董　頔

李雪飞

光荣与梦想——“大语文”系列丛书总序

穿过一丛金色的墨西哥橘，六岁的小红豆头戴粉盔，骑着一辆有辅助轮的浅粉色自行车前行。在她身后跟着三岁的小青豆，蓝色背心、蓝色头盔，滑动着一辆海军蓝滑板车。

在温哥华的这个浅蓝清晨，我望着女儿红豆和儿子青豆的背影，绷紧了久违的轻快心情。此刻我的另一个儿子在太平洋彼岸舒展着拳脚，已经名扬神州、纵横四海，他就是十二岁的大语文。

那一年际遇喜人，没落的大宋皇裔赵伯奇当时正是北大游泳队队长；俊美倜傥的郭华粹正要从不列颠返回国内；出身文坛世家的陈思正将从哈佛启程；卸任了校学生会主席的朱雅特正要入住北大教育系设在万柳的高级学生公寓；而这套书的主要执笔人——我的表弟张国庆，也正在收拾行囊欲来北京助我成就大事……那一年的我们，大多毕业于北大、北师大的中文系，本有着大不相同的人生规划，却因为我许下了五个耀眼的愿望，如埋下一粒豆子作为种子，而相聚在一起，簇拥着走出了同一条人生轨迹。

那一年，种瓜得瓜，种豆得“神”。神奇的大语文诞生。

五个愿望：一愿我们投身于校外教育，把语文课变得有意思；二愿将大语文课程商业化，以丰厚的回报让大语文家庭过上富足而体面的生活，同时也让更多卓越人才敢于加入大语文战队；三愿大语文课程走向全国，使更多孩子受益；四愿大语文课程进入学校，深度补充和影响校内语文教育；五愿大语文走向世界，吸引更多华裔或其他学习者，使其对中国文学文化乃至世界文学文化产生较浓兴趣。

这是多么光荣的梦想。被商业繁荣笼罩着的华彩世界里，我们愿意燃烧年轻的生命，去照亮大语文，或是做烛去点亮大语文。

十二年后，我们作为一家颇具潜力的上市公司被广泛关注，原打算用一生去交换的五个愿望也开始一一实现。欢喜之余，我也冷静了下来。我对队伍说，我开始不甘心只为一时而绽放，我想留下些许我们的代表作，让这些被汗水泪水浸泡着的奋斗所产生的价值能够长久留存。

那么，什么才能做到长久留存？战国时期最伟大的弩机大师也随弩的入土而不闻于世，而孟子的浩然之气、庄子的逍遥自由却总让千年后的人们神往。历代精美的琉璃制品、珍珠黄金、武器枪械、米铺碾坊，都随大江东去；罗摩与神猴、罗密欧与朱丽叶、《西游记》与《水浒传》、雨果与歌德、马克·吐温与杰克·伦敦才会百年千年流传。

锐意进取、诚信无欺，精良的产品确可以建立百年老店。

回归率真、淡泊功利，生动的文化才能够成就千载流传。

放下商业思维，忘记市场需求、获客成本等并无长久意义的盘算，回到我们出发时的初衷：我们为何而来，我们欲往何处？我们只想做能够千载流传的好东西。

于是在大语文这个儿子步入青春期之时，我们有了新的憧憬，可以命名为“新五大梦想”。第一，完成整套“大语文”系列丛书的出版，囊括校内学习、文学文化、写作技巧、课外阅读、非母语者的汉语学习等诸多内容，为语文教育和中国文学文化推广普及做出些微贡献。第二，以教育的视角，制作一部部精良的动漫剧集或真人影视剧，使千年来文学文化史上的关键信息和核心内容得以如“大河小说”一般地记录。第三，以教育的视角，建立一个个还原各朝代各国家的互动式文化体验馆，以浸入式话剧及其他高科技交互方式，使孩子们能够生动浸入、体验到大语文课本中讲述的各个时空场景。第四，研发一系列语文学科的人工智能学习工具，使学生在学语文时遇到的绝大多数问题能够得以低成本、高精度解决。第五，牵头制定一项标准，该项标准能将所有汉语使用者（包括母语学习者、华裔非母语学习者、其他族裔非母语学习者、使用汉语的计算机软件）的汉语水平（尤其是对汉语背后的文化认知水平）在同一体系内进行评价。

又是一粒愿望的豆子种下去，遥望，又是数十年。不知几个十二年之后，我们这个队伍可将“新五大梦想”一一实现。有了“回归率真、淡泊功利，生动的文化才能够成就千载流传”这样的“大语文精神”，我也衷心希望大语文团队能够永秉对语文教育的赤诚之心，将这星星之火种永传下去，不论熊熊烈焰或微弱火苗，皆然。

所幸，多年前我的几位学生，也已陆续加入了大语文战队，看来当年埋在他们少年时代的梦想种子已经发芽。种瓜得瓜，种豆得“神”。

小红豆喜欢绘画，她说她要和我合作画一本绘本。“会赚很多钱，然后送给你。”她说。我问：“爸爸平时也不花钱，要那么多钱做什么呢？”小红豆一笑嫣然，说：“你可以用来制作更多的书啊！”

这真是种豆得“神”了。

阅读说明

TA这一辈子 再现历史人物的漫漫人生路，从人物的出身家世讲到临终之际。你想知道的名人趣事和八卦，就在《TA这一辈子》。

超级访谈 与重量级作家面对面交流，让名家亲自讲述动人的故事。我们耳熟能详的诗篇背后，是一把辛酸泪还是没心没肺的大笑？答案就在《超级访谈》！

特别推荐 《超级访谈》还没看过瘾？《特别推荐》继续由名人为你讲解他的得意之作或者其他大家的千古名篇，揭秘创作背景，透析作品灵魂！

文苑杂谈 深挖作者、作品之外的文学知识。古人怎么取名和字？诗词中曝光率最高的楼阁有哪些？读完《文苑杂谈》，你就是文学常识小百科。

欢乐谷 轻松一刻，用搞笑的四格漫画调侃作家或作品。嘘！千万别笑太大声，不然旁边的人还以为你读书读傻了呢！

七嘴八舌 作家的好朋友是怎么评价他的？作品中提到的人也有话要说？听大家七嘴八舌聊一聊，从不同的角度了解作家和作品。

目 录

附录

历史上的隋朝

隋朝是中国历史上的大一统朝代，它上承南北朝、下启唐朝，享国37年。581年，北周静帝禅位于杨坚，隋朝建立。589年，隋文帝统一全国，结束了西晋末年以来近300年的分裂局面。618年，起义军首领李渊建立唐朝，隋朝灭亡。

开皇之治

北周末年，周宣帝奢侈浮华，不理朝政，做了好多荒唐事儿。比如，他下令让许多官员的女儿不许嫁人，要等着他先挑一些充入自己的后宫，没被挑选上的才能嫁人。最终，他居然连皇后就有五个，更别说后宫里的其他妃子了。再比如，他在看大臣们的奏章时，只要臣子们写错一个字，他就会非常严厉地惩罚他们，还会派出亲信整天监视大臣。想想看，谁能保证自己一个字也不写错、一句话也不说错呢？这就导致许多大臣对皇帝很不满。

周宣帝有个皇后，叫杨丽华，她的父亲叫杨坚，是北周的重臣。杨坚见周宣帝如此昏庸无能，便暗中联络大臣，扩大权势。后来，周宣帝病重，杨坚一看，机会来了，于是赶紧联系自己的亲信，在周宣帝去世的时候，篡改诏书，自己当了大丞相，辅佐年纪还小的周静帝。没过多久，杨坚的势力越来越大，干脆让周静帝禅位，自己当皇帝，建立了隋朝。

杨坚在位的时候，励精图治，开创了政治稳固、社会安定、民生富庶的盛世局面，被称为“开皇之治”。在经济上，他改革税收制度，减轻了百姓们的负担。在政治上，杨坚设立了很多新的制度，其中不少都被后世继承发展了下去，比如科举制就是杨坚设立的。

在军事上，杨坚训练了一支强大的军队，打败了一直侵扰中原的北方游牧民族突厥，甚至还促使突厥分裂成了东西两个部分，让他们再也不敢南下来侵略中原了。突厥首领还主动给隋文帝杨坚上书，称他为“圣人可汗”。“可汗”是突厥对首领的称呼，称杨坚为“圣人可汗”，就相当于承认杨坚是突厥的首领。这么一来，杨坚既是隋朝皇帝，又是名义上的突厥首领，这种情况在中国历史上还是第一次出现。

大业盛世

杨坚统治前期，隋朝发展蒸蒸日上，但到晚年时，他变得越来越昏庸，听信皇后和大臣们的谗言，废黜了贤能的太子杨勇，把皇位传给了次子杨广，为亡国埋下祸根。

杨广是一个很有野心的人，又好大喜功，他继位之后，迫不及待地想要做出一些功绩来，修建了许多大工程。为了促进南北交通和经济交流，以及加强对南方的控制，杨广征调了100多万人，把以前的一些运河连接、拓宽，修成了一条以洛阳为中心、北至北京、南到杭州的大运河，称之为隋朝大运河，是当时世界上开凿最早、规模最大的运河。同时，杨广还沿着运河修建了许多粮仓，把粮食存在这些粮仓里，一旦哪里发生了饥荒或战争，就可以顺着大运河快速地把粮食运过去。这些粮仓修建得非常牢固，1971年，人们在其中一个粮仓里还发现了约50万斤谷物，这些粮食在地下埋藏了千余年，居然还颗粒完整。

后来，杨广想去西北巡视，但古代可没有现在的飞机、汽车，皇帝出行全靠马车。为了让路更顺畅，杨广又征派了不少人，修了一条从陕西榆林到北京的驰道，据说有3000多里长。直到现在，有些地方的驰道仍在使用。

驰道修好后，隋炀帝带着人西巡，一路到了焉支山，也就是现在的甘肃张掖一带。这一路上排场可大了，隋炀帝竟然还随身带了一座“行宫”，供他居住和宴请宾客。其中有一座“六合城”，据说，这座“庞然大物”边长100多米，有4层楼高，直接用车拉着，想象一下都觉得壮观得不得了。

隋炀帝在焉支山下举办了一场盛会，西域20多个国家的王公使臣前来参加，还带来了各地的特产献给隋炀帝。这场盛会是世界上最早的一场“万国博览会”，极大地宣扬了国威，连《资治通鉴》都评价道“隋氏之盛，极于此矣”，意思是隋朝的繁盛，在这里达到了极点。因为杨广的年号是大业，所以这段时间又被称为“大业盛世”。

走向覆灭

“大业盛世”并没有持续多久。杨广虽然修建了大运河、驰道，还开了“万国博览会”，对后世产生了深远的影响，但是当时隋朝经济还没有完全恢复，他就征调大量民夫去挖河修路，百姓们没有时间种庄稼，日子过得很不好。

杨广在大兴土木的同时，还一直在训练军队，想要扩大国家版图。612年，杨广带着军队前去攻打高句丽，也就是现在的中国东北和朝鲜半岛一带。一直到614年，连着打了三次，隋朝军队都因为各种原因失败了。不管输赢，打仗都是要花钱、要耗费人力的，这三次攻打高句丽的行为，严重损耗了国力，使得民不聊生。

百姓们日子越过越惨，终于忍不下去了，各地出现了不少农民起义。起义军最多的时候，居然有一百多支。其中最强大的三支起义军分别是河南的瓦岗军、河北的窦建德军，以及江淮的杜伏威、辅公祏军。趁着起义军叛乱，各地的官吏豪强也不安分起来。最终，太原的长官李渊起兵攻入长安，镇压了各地的起义军，建立了唐朝，隋朝灭亡。

隋朝虽然只持续了37年，但它结束了西晋末年以来近300年的分裂局面，重新统一了全国。隋朝时建立的制度、修建的建筑，许多都沿用到了后世，直到现在，有些还在发挥着它们的作用。

隋代文学

隋朝结束了中国近300年的分裂局面，为唐宋鼎盛时期的到来做了准备。因此，隋代文学也呈现出从分裂到融合的变化。

隋代文学成就主要体现在诗歌方面。隋代诗歌的作者，基本上可以分为两类，一类是从南朝归入隋朝的南方诗人，另一类则是从北朝归入隋朝的北方诗人。南北方诗风差异极大。

南朝诗风

西晋时期，北方少数民族不断入侵中原，为了躲避战乱，北方文人士族们纷纷南下，有的名门望族甚至会带上数千户同宗族的人家一起出发。据《晋书》记载，“中州士女避乱江左者十六七”，意思是北方百分之六七十的文人士族都去了江南，历史上称之为“永嘉南渡”。

这么多文人士大夫都到了南方，江南的文化自然得到了极大的发展，成了这一时期中国文学发展的主流。等到隋朝建立时，南北方统一，南朝诗风也就被带到了隋朝。

隋朝的南方诗人代表有江总、许善心、虞世基、虞世南、王胄等人。因为江南经济繁华，风景秀丽，再加上许多王公贵族都在那里，经常宴饮作乐，弹琴唱曲儿，所以文人们的作品也大多是在描绘风景或者宴饮唱和，看起来辞藻非常华丽，实际上并没有什么内容。《隋书·文学传序》评价道：“江左宫商发越，贵于清绮。”“江左”指的是长江下游以南的地区，“宫商”指的是音乐歌曲，“发越”指奋起，“清绮”则是指清新绮丽，所以这句话的意思是江南的诗文乐曲是凭借着清新绮丽的风格而受到重视与欣赏的。

虽然这些南方诗人后期受到北朝诗风的影响，有一部分人也能写出慷慨悲壮的作品，比如虞世基就写过《出塞》，刻画边关景象，有“雪暗天山道，冰塞交河源。雾烽黯无色，霜旗冻不翻”的句子，但总体来看，还是没能摆脱南朝诗风的影响。

北朝诗风

南北朝时，有一位叫苏绰的大文学家，曾发起过文风改革，他提倡复古，希望人们能摆脱齐、梁那种华丽虚浮的诗风，将诗歌变得写实、质朴。隋朝建立后，隋文帝杨坚也比较赞同这种观点，还专门写过诏书，要求“公私文翰，并宜实录”，意思是不管是公开的文件奏折还是私下的书信文章，都应该照实写，不能华而不实。有一次，泗州刺史司马幼之给隋文帝写奏折，用词十分华丽，乍一看写得可好了，实际上言之无物，根本没有解决问题。隋文帝气极了，就将司马幼之治了罪。

俗话说："上有所好，下必甚焉。"皇帝喜欢什么，下面的百姓们自然也跟着喜欢什么。隋文帝这么喜欢质朴俊朗的诗文风格，文人们自然也会多写这样的诗歌，尤其是北方诗人。隋朝的北方诗人代表有薛道衡、杨素、卢思道等人，他们写过许多边塞诗，虽然佳作不多，但短时间内这种诗文的大量出现，也说明隋朝的诗风有些许的转变。

《隋书·文学传序》就评价道："河朔词义贞刚，重乎气质。""河朔"指的是黄河以北地区，"贞刚"指的是正直刚强，所以这句话的意思是北方地区的诗文词曲意蕴雄健刚强，更加重视词曲内在的气质，而不是外在的辞藻，这就跟南方地区的诗文风格形成了鲜明的对比。比如杨素，他是隋朝的开国重臣，亲自打过仗，所以对边塞生活很熟悉，他的诗歌大部分都粗犷深沉，悲壮雄健，连《隋书》都称赞他的作品是"词气宏拔，风韵秀上，亦为一时盛作"，意思是他的诗词气概豪迈，韵味雅致，是当时非常好的作品。

同时，北方诗人也会学习南方的诗文风格，写出许多很好的作品。比如卢思道，他就学着南方的歌行体，写出了名篇《从军行》。南方的歌行体主要是写女子思念在外的丈夫，但卢思道却别出心裁，换了个角度，主要写征夫在边塞的生活。

走向没落

虽然隋文帝倡导质朴文风，并促进南北朝文学融合，但隋炀帝继位后，文风却有了很大的变化。隋炀帝本身就喜欢奢侈浮华的南朝文化，还“好为吴语”，就是喜欢说南方话，带头写了不少轻薄浮艳的诗歌。南方文人们在隋文帝时期还想着怎么改变诗风，一看隋炀帝居然喜欢这种诗，立马就高兴了，开始肆无忌惮地写起了浮华空泛的诗，只顾着堆砌辞藻，根本不琢磨诗文的内涵，描写的内容也只是宫里那些精美的器物或是各种生活琐事。这么一来，隋文帝时期刚刚有点儿好转的诗风，马上就被冲散了。而这种华丽空洞的诗风根本持续不了多久，就会变得僵化，失去生命力，隋代文学也就走向了末路。

总体来说，隋代文学在很大程度上还是受到了南朝诗风的深刻影响，是南北朝文学向唐代文学过渡的一个重要阶段。

韩擒虎

被改名的“阎罗王”

韩擒虎（538 年—592 年）

字　号：字子通

籍　贯：河南东垣（今河南省新安县）

地　位：隋朝名将

韩擒虎这辈子

韩擒虎是隋朝名将，他很有军事才能，作为先锋军率领隋军攻破陈朝，俘虏了陈朝皇帝陈叔宝。唐朝和宋朝追封古代名将时，都将他列入了其中。

谁给我改名了

韩擒虎出生在一个大将之家，他父亲韩雄是北周有名的大将军。韩擒虎出生的时候，为了表示期望，韩雄就给儿子起了个名字叫韩擒豹。后来，韩擒豹果然魁梧伟岸，胆气雄健。据说，他有一次出去打猎时，竟然抓住了一头老虎，于是便改名叫韩擒虎。

但在《隋书》里，韩擒虎又被改了名字，有时候叫“韩擒兽”，有时候干脆直接叫“韩擒”，这是怎么回事儿呢？原来，《隋书》是唐朝时编纂的，唐朝开国皇帝李渊的爷爷名叫李虎，“擒虎”岂不是意味着要擒拿李渊的爷爷？于是，为了避讳，编写《隋书》的魏徵等人只好将韩擒虎的名字给改了。

活着当大官

韩擒虎是一员文武双全的大将，他既以勇猛和胆略著称，又有广博的学识，经史子集没有不会的。韩擒虎很小的时候，北周的皇帝宇文泰就觉得他不一般，于是常常让自己的儿子去找他玩，想和他打好关系。

后来，隋文帝攻打陈朝时，让韩擒虎做大将。韩擒虎领兵到了江南后，当地的老百姓听说了他的威名，纷纷前来拜见他，敌人也不敢和他对抗，有不少陈朝的将领甚至主动投降了。就这样，韩擒虎轻轻松松地攻破了陈朝。

隋文帝非常欣赏韩擒虎。有一次，突厥的使者来拜见隋文帝，态度很傲慢，隋文帝就问他们："你们听说过陈国的君主吗？"使者回答说："听说过。"隋文帝就派人把韩擒虎带来，介绍说："这就是捉住了陈国君主的人。"韩擒虎狠狠地瞪了突厥使者一眼，吓得他们头都不敢抬，再也不敢耍威风了。

死了还能当阎罗王

据《隋书》记载，韩擒虎晚年生了重病，眼看着就不行了。突然有一天，一位邻居老妇人看见韩擒虎门前来了一支仪仗队，非常隆重，就像是皇帝的队伍一样。这位老妇人很奇怪，就问他们来做什么。仪仗队中有人回答说："我们来迎接大王。"说完就不见了。

后来，有一个病得很严重的人，不知道为什么浑浑噩噩地走到了韩擒虎家里。韩擒虎的手下问他来干什么，这个人回答说："我想拜见大王。"下人们都很奇怪，就问他来拜什么王，这个人便说："阎罗王。"一听这话，韩擒虎的侍从们都认为他在开玩笑，想把他赶走。韩擒虎却制止了他们，说：**"生为上柱国，死作阎罗王，斯亦足矣。"**意思是我活着的时候做了上柱国这样的高官，死了以后还能做阎罗王，这已经很满足了。没过几天，韩擒虎就病死了。

少拿我举例

侯君集[1]

韩大哥，太感谢你了，救我一命啊！

韩擒虎

你谁啊？我救过你吗？

侯君集

哎呀，你忘了我了？我是侯君集啊，唐朝大将，还帮着李世民发动了玄武门之变，夺得了皇位呢。

韩擒虎

哦，我好像有点儿印象，但我俩没什么交集吧？

侯君集

你可不知道啊，我之前带着士兵们出去打仗，攻破城门后缴获了不少金银财宝，我就想着自己好歹也立下了大功，拿点儿不过分吧？谁知道我手下的人一看我这样，也跟着拿，还有去偷去抢的。这不，有人把这事儿告诉了皇帝，皇帝就把我给抓了。

---

① 侯君集：唐朝名将，凌烟阁二十四功臣之一。

韩擒虎

这跟我有什么关系？

侯君集

当然有关系了。我记得你当时攻破陈朝，也算立下大功了，但是因为你纵容手下的士兵在陈国的宫殿里烧杀劫掠，把宫殿弄得不成样子，隋文帝气得不行，有没有这事儿？

韩擒虎

你这人，说你的事儿呢，提我这事儿干什么？

侯君集

就是因为有你这事儿，我才没受惩罚啊。当时一个叫岑文本的人为我说情，就提到了你。他说接受皇命出征的将领，主要就看他有没有打败敌人，如果能打胜仗，那贪婪一些也可以接受。他还举了好几个人的例子，说：**“是以汉之李广利[1]、陈汤[2]，晋之王濬[3]，隋之韩擒虎，皆负罪谴，人主以其有功，咸受封赏。”**

韩擒虎

这句话我听懂了，意思就是像汉朝的大将

① 李广利：汉朝大将，率军讨伐大宛，获胜后被封为海西侯。
② 陈汤：汉朝大将，因斩杀郅支单于而获封关内侯。
③ 王濬：西晋名将，因攻破吴国被拜为辅国大将军。

韩擒虎

李广利、陈汤，晋朝的大将王濬，还有我，都犯过错，但当时的皇帝都因为我们有功，还是给予了封赏。这话说得倒是没错，隋文帝虽然生气，但还是封我当了上柱国，给我赐了不少东西。

侯君集

对嘛，所以岑文本又说：**“由是观之，将帅之臣，廉慎者寡，贪求者众。”**意思是，由此看来，将军统帅们，廉洁谨慎的人少，贪婪求取的人多，作为君主，主要还是得看功绩。听了这话，唐太宗才原谅了我，把我给放了。

韩擒虎

原来如此啊。不过，时过境迁，我现在读了不少书，有了更深的领悟，要我说啊，咱们做大将的，最好还是既有功劳，又能廉洁谨慎，不能仗着自己有功就肆意狂妄。

侯君集

可不是嘛，我也是现在才明白这个道理，要是我早一点儿知道，说不定就不会造反，更不会因为造反而被杀了。

确实是，这你得学学我，看我立了这么大的功劳，最后还能保全性命，平安到老，多聪明！

门外楼头

哎，今天闲着没事儿干，翻了翻不知道第几世孙的语文课本，竟然发现了我的名字，是在一句诗里，**“门外韩擒虎，楼头张丽华”**。我又仔细看了几眼，才知道原来这写的是我攻破陈朝、俘虏陈叔宝的事儿。

我还记得当时带兵到了陈朝都城的朱雀门那儿，眼看着陈朝就要灭亡了，我怕陈叔宝还有什么后手，就派人去打探，看看他在干什么。手下人回来告诉我，说陈叔宝一点儿都不紧张，还和他最宠爱的妃子张丽华在一起听曲儿呢。看陈叔宝这么淡定，我还以为真有什么陷阱，结果直到打进了皇宫，也没见陈叔宝有什么动静。

擒贼先擒王，一进皇宫，我就去抓陈叔宝，但万万没想到的是，陈叔宝居然消失了！我带着人找了好久，才终于发现了他，他居然躲在宫中的一口水井里，都死到临头了还带着贵妃张丽华，舍不得分开呢，可真是个窝囊废。

我的小孙子告诉我，唐朝有个大诗人叫杜牧，写了一首《台城曲》，“门外韩擒虎，楼头张丽华”就是这诗里的一句，意思是韩擒虎，也就是本人，这样的敌人都到了门外，君主居然还和张丽华之类的美人在楼头享受观景。一般用来批评君主骄奢淫逸，导致国家灭亡。

后来，“门外楼头”就成了一个典故。宋朝有个叫王安石的诗人，有一次在金陵游览，到了朱雀门，想起历史往事，还写过**“念往昔，繁华竞逐，叹门外楼头，悲恨相续”**，他就用到了这个典故，意思是想当年，金陵城是多么繁华啊，但在这里建都的六朝君主们奢侈荒淫，六朝一个接一个地灭亡了，真是令人感叹啊！

诗妖

韩擒虎是隋朝名将，功绩卓著，《隋书·五行志》里记载过两件关于他的奇事儿。

据说，在韩擒虎还没攻打陈朝的时候，民间就有一首童谣，是这么唱的：**“黄斑青骢（cōng）马，发自寿阳涘（sì）。来时冬气末，去日春风始。”**当时人们并不明白这首童谣的含义，后来才知道，原来这首童谣是一则预言，说的就是韩擒虎破陈的事儿。正好韩擒虎骑的就是一匹黄斑青骢马，他的大军从寿阳的水边出发，冬天出发，攻破陈朝，春天就回来了。

当时还有一首童谣，是**“桃叶复桃叶，渡江不用楫。但渡无所苦，我自迎接汝”**，后来人们发现这也是一则预言。韩擒虎在攻打陈朝的时候，他的大军就在桃叶山下驻扎，陈朝的大将任蛮奴听说了韩擒虎的威名，直接就投降了，并且过江来迎接韩擒虎。

在中国古代，像这样有预言意味的童谣被称为“诗妖”。比如《三国演义》里，董卓被吕布杀害之前，京城中儿童们就传唱着一首歌谣，叫**“千里草，何青青！十日卜，不得生”**。“千里”合起来是“重”字，再加上草字头，就是“董”，“十日卜”合起来是“卓”字，整首童

谣的意思就是董卓虽然势力很大，但马上就要死了。果然，这童谣唱了没多久，董卓就死了。

在元朝末年，民间也流传着一首歌谣：**“塔儿黑，北人作主南做客；塔儿红，朱衣人作主人公。”**据说当地有一座寺庙，里面有一座塔，通体黑色。起初，北方的蒙古人南下，建立了元朝，而南方的汉人备受压迫，就像是客人一样。后来突然有一天，这座塔半夜放红光，没过多久，朱元璋就率领着起义军打败了元朝大军，建立了明朝，成了这天下的主人公。

那这些童谣真的有这么厉害，能预言未来吗？实际上，童谣只是孩子们随口唱的儿歌罢了。在历史事件发生之后，人们有时会倾向于将事件与先前的某些事物联系起来，以此来解释或赋予事件更多的意义。在这种情况下，一些人可能会故意曲解童谣的含义，说它是预言诗。

敌人攻城了！
别担心。
敌人进宫了！
别害怕。
人呢？
他们找不着！
这里有人！
看不见我，看不见我……
呜呜呜！

鬼

你就是我的上司吗？拜见阎罗王！

魏徵

你相信我，我也是迫不得已才给你改名的！

张丽华

死就死了，居然还有人把我写进诗里和你作对比，太过分了！

扫二维码，听精彩讲解

薛道衡

因耿直殒命的大才子

薛道衡（540 年—609 年）

字　号：字玄卿

籍　贯：河东郡汾阴县（今山西省万荣县）

地　位：隋朝著名诗人

薛道衡这辈子

薛道衡是隋朝有名的诗人，他虽然出生于北朝，但他的诗歌却融合了南北朝的诗风，为隋朝诗歌的发展作出了不可磨灭的贡献。

文坛领袖就是我

薛道衡非常有才华。据说有一次陈朝派出使者拜访北齐，薛道衡前去接待，这位使者写了首诗赠给薛道衡，薛道衡又和了一首诗以作回应。没想到薛道衡这首诗流传出去后，得到了南北方文人的一致赞美。当时就有人评价说这位使者是**“所谓以蚓投鱼耳”**，也就是说使者所写的诗并不好，用不好的诗引出了薛道衡的好诗，就像用蚯蚓钓上来鱼一样。后来，“以蚓投鱼”就成了一个成语，比喻用较小的代价换得了很大的收获。

薛道衡虽然是北朝诗人，但他的诗写得特别好，连南朝诗人都很佩服他，真可以算得上是文坛领袖了。他写诗很认真，每次写作的时候，都要一个人躲在空屋子里专心构思，屋外但凡有人走过，哪怕只发出一丁点儿声音，他也会发怒呵斥，生怕打断写作的思路。

皇帝很欣赏我

隋文帝杨坚很喜欢薛道衡，经常说：**“薛道衡作文书称我意。”**意思就是薛道衡写的文章很符合他的心意。

同时，隋文帝也很欣赏薛道衡的政治才能，在攻打陈朝的时候，还专门派他跟着军队前去。当时，领兵的宰相高颎问他军事部署方面的事情，薛道衡分析得非常到位，让高颎惊叹不已，称赞他说：**“本以才学相期，不意筹略乃尔！”**意思是本来就知道薛道衡很有文学才华，没想到在筹略方面居然也这么厉害。可见薛道衡的才能之显著。

皇帝的儿子很讨厌我

薛道衡很受隋文帝的重视，当时的大臣们都争着和他结交，晋王杨广也很想拉拢他。有一次，薛道衡受到弹劾，被流放岭南。当时杨广正好坐镇扬州，就偷偷给他传消息，想让他取道扬州去岭南。等他到扬州的时候，杨广再给皇帝上书，请求把他留在扬州，这样他就不用去岭南了。但薛道衡性格耿直，为人公正，他很讨厌杨广，就没有听杨广的话，而是从另一条路到了岭南。

杨广知道后非常生气，但他又很欣赏薛道衡的才华，所以决定再给他个机会。杨广继位后，召见薛道衡，想让他来当官。但薛道衡却不识时务，写了一篇文章，极力歌颂隋文帝杨坚。杨广一看，觉得薛道衡这是在讽刺自己，更生气了。

当时有个大臣叫裴蕴，他知道杨广很讨厌薛道衡，于是就向杨广上奏，说薛道衡每次讨论国家大事的时候，都喜欢发表一些不利的言论，要是说他有罪，好像也没什么罪，但从中可以看出他对皇帝十分不满，是在忤逆君主。杨广正愁找不到借口处置薛道衡呢，收到这封奏书后，非常高兴，马上就称赞裴蕴，说：**“公论其逆，妙体本心。”**意思是你说薛道衡忤逆，正是看到了他的本心啊。于是就下令抓捕了薛道衡，逼着他自杀了。

昔昔盐是什么盐

商人

薛先生，您好！今天冒昧地前来拜访您，是有件事儿想问问您。我前段时间听人说您知道一种新的盐，叫昔昔盐，这是种什么盐啊？我怎么从来没听过呢？

薛道衡

请坐，我不知道您说的这种盐，但我倒是写了一首诗，叫《昔昔盐》，您说的是不是这个啊？

商人

啊？一首诗？怎么会起“昔昔盐”这么个名字啊？真奇怪。

薛道衡

嗨，您误会了，“昔昔”其实就是“夕夕”，意思是夜夜，“盐”其实是“引”，意思就是曲子，“昔昔盐”就是“夜夜曲”，指每天晚上唱的曲子，这是一个乐府曲辞的名字，主要内容就是写女子怀念出征的丈夫。

商人

哦，原来是这个意思啊！我听外面有好些人在说《昔昔盐》，要不您给我讲讲它都写了什么，到时候我走南闯北买卖货物也好跟人搭上话。

薛道衡

行啊，这首诗前两句是“**垂柳覆金堤，蘼芜**[1]**叶复齐。水溢芙蓉沼，花飞桃李蹊**”，描写的是春天的景象。在古代，不管是柳树还是芳草，都有离别和思念的含义，所以前两句其实是通过写景来写离别之情。后面就要开始写人了：“**采桑秦氏女，织锦窦家妻。关山别荡子，风月守空闺。**”

商人

这我听说过，“秦氏女”是不是就是秦罗敷啊，一个长得特别好看的采桑女？“窦家妻”好像是一个叫窦滔的人的妻子，据说窦滔被流放到边疆，他的妻子很思念他，就在手帕上织了一首诗托人带给他。您写这两个人，意思是不是诗中的女主角既像秦罗敷一样好看，又像窦滔的妻子一样有才啊？

① 蘼芜：指一种香草。

薛道衡

没错，就是这么好的女子，她的丈夫却出远门了，只留下她一个人在家。**“恒敛千金笑，长垂双玉啼**[①]**。盘龙随镜隐，彩凤逐帷低。飞魂同夜鹊，倦寝忆晨鸡。暗牖（yǒu）**[②]**悬蛛网，空梁落燕泥。”**丈夫长时间不在家，女子心中烦闷，脸上不再挂着笑容，眼里常常淌下泪水。女为悦己者容，既然悦己者远别，女子也不愿意收拾打扮了，雕刻着龙纹的镜子也不拿出来，绣着凤凰的帷帐总是低垂着。半夜睡不着，总听到鹊鸟的叫声，好不容易有了睡意，天又亮了。

商人

后面这句我听过，可太有名了！意思是这女子做什么都没精神，也不想收拾屋子，窗户上都有蜘蛛网了，空空的房梁上落着燕子筑巢留下的泥土，整个屋子都很萧条破落。

薛道衡

对啊，这首诗的最后两句是**“前年过代北，今岁往辽西。一去无消息，那能惜马蹄”**。意思是女子的丈夫前年在代北，今年又去了辽西，越走越远，居无定所。这女子就借着这首诗来问丈

① 玉啼：指女子的眼泪。

② 牖：指窗户。

夫：你一走就没有消息，哪能因为爱惜马儿就不经常回家呢？

您这诗写得可真好啊！不过，我记得您不是北朝人吗？写的诗都是很质朴豪爽的那种，怎么也会写这样柔婉清新的诗呢？

这你可有所不知，现在陛下统一了南北，我也不能老守着一种风格，也得学习学习南朝的诗风啊。就像你，不也老在南北方跑来跑去，沟通有无嘛。

唉，您这么一说，我突然想起来我的妻子，我这经常在外经商，估计她在家里过得也很苦闷。

所以我这首诗有名啊，因为不是只写一个人，而是写了一类人。您啊，有空在我这里聊天，还不如赶紧回家去呢。

我走了，下次再来，给您带我家乡的特产！

将士们真牛啊

前几天我的好朋友杨素写了首《出塞》诗，让我给他和一首。今天正好有空，不如现在就写。

对了，正好前段时间传来消息说边疆打了胜仗，不如就写这个。先来一句渲染一下紧张的气氛：“**边庭烽火惊，插羽**[①]**夜征兵。**”意思是边境的烽火冲天而起，征兵的书信连夜发出，军情紧急。“**少昊腾金气，文昌动将星。长驱鞮（dī）汗**[②]**北，直指夫人城。**”肃杀的秋日，兵气大起，将星也随之摇动。大军一路势如破竹，长驱直入，到了鞮汗的北面，冲到了范夫人城下。

双方对峙，形势紧张，边塞的景色仿佛受到了这种氛围的影响，变得昏沉压抑起来：“**绝漠三秋暮，穷阴万里生。寒夜哀笛曲，霜天断雁声。**”时值深秋，暮色苍茫，沙漠浩瀚，阴云万里。夜深霜重，还有睡不着的士兵吹着羌笛思念故乡，天上飞过几只离群的大雁，悲伤地鸣叫着，真是令人伤心啊。

天还没亮，双方就打了起来。“**连旗下鹿塞**[③]**，叠鼓向**

---

① 插羽：古代在书信上插上羽毛，表示书信紧急。

② 鞮汗：山名，在今蒙古国。

③ 鹿塞：指边塞。

龙庭[1]**。妖云坠虏阵，晕月绕胡营。左贤皆顿颡（sǎng）**[2]**，单于已系缨。**”我方的将士们勇猛无畏，高举军旗，擂着战鼓，向着敌人的营地冲过去。而敌人那边呢，眼看着就打不过我们了，连照在他们那边的月亮都像被包围了，天上的云就像是妖云一样，笼罩着他们的军营。果然，敌人很快就被打得找不着北，连他们的首领左贤王和单于都被抓住了。

我们的将士可太勇敢了！虽然打了胜仗，但他们也不懈怠，仍骑着骏马，带着武器，在边疆四处守卫，要像霍去病一样，建功立业，施展一番抱负，也就是：**“绁（xiè）马登玄阙，钩鲲临北溟。当知霍骠骑，高第起西京。”**

① 龙庭：匈奴祭天地鬼神之所，在这里指匈奴的军营。
② 顿颡：指屈膝下拜，以额头触地，多表示请罪或投降。

有才也是我的错吗

薛道衡是个有名的大才子，南北方的文人们都很佩服他，据说连隋炀帝都很嫉妒他的才华。

据《隋唐嘉话》等野史笔记记载，薛道衡写了《昔昔盐》以后，里面的那句“暗牖悬蛛网，空梁落燕泥”被四处传唱，隋炀帝听说了，特别嫉妒薛道衡，觉得他的才华超过了自己，就想杀了他。于是便暗中派人捏造了几个罪名安在薛道衡身上，给他判了死罪。在薛道衡临死前，隋炀帝去看他，还特意问他：“更能作‘空梁落燕泥’否？”意思就是我把你杀了，看你还能不能写出“空梁落燕泥”这样好的诗句来。可怜的薛道衡，就这样被皇帝给杀了。

在民间传说故事中，像薛道衡这样因为有才而被杀的人可不在少数。比如三国时期有个聪明的文人叫杨修，他很会揣测曹操的心意。有一次，曹操带兵去打仗，怎么也打不赢，正在非常烦闷的时候，手下有人来问话，曹操就不耐烦地回了一句“鸡肋”。杨修知道了以后，马上就开始收拾行李。别人都很好奇，问他怎么回事儿，杨修笑着说：“鸡肋这种东西，吃着没有味道，但扔了又很可惜，这不正是在说这场仗吗？打吧，打不过，不打吧，又很可惜。所以我估计主公马上就会撤军了，赶紧收拾东西准备走吧。”没过多久，曹操果然下令撤军了。后来，曹操知道了这件事，觉得杨修能够这么准确地猜到他的想法，就很忌惮杨修，最后找了个借口把杨修给杀了。

虽然民间传说是这样，但实际上，薛道衡和杨修这些人的死，主要还是政治原因。那为什么老百姓要这么说呢？其实啊，这是因为百姓们非常崇拜这些有才华的文人，为他们的死感到惋惜，所以就给他们换了种死法，让他们更有传奇色彩。

早点回来。

呜呜呜！

呜呜呜！

这是我家吗？

?!

啊！

杨广

给你机会你不要，敬酒不吃吃罚酒！

老兄啊，只有你能理解我，有才也是错吗？

杨修

商人

你这诗名字起得挺有意思的，下次别这么起了啊！

扫二维码，听精彩讲解

隋文帝

造反成功的盛世之君

隋文帝（541 年—604 年）

姓　名：杨坚

字　号：小字那罗延[①]

籍　贯：弘农郡华阴县（今陕西省华阴市）

地　位：隋朝开国皇帝

① 小字即小名，“那罗延”为佛教用语，意为金刚力士。

杨坚这辈子

隋文帝杨坚是隋朝开国皇帝，他在位期间，励精图治，使得隋朝民富国强，经济繁荣，人口增长，开创了“开皇之治”。

人人都说我想造反

杨坚出生在一个贵族家庭，他父亲杨忠地位很高，当时的皇帝是鲜卑族，为了表示对杨忠的重视，特意给他赐了一个鲜卑族的姓氏，叫普六茹。所以杨坚又被称为普六茹坚。

杨坚从小就和别人不一样。据《隋书》记载，他出生在一个寺庙里，当时整个寺庙都被紫光笼罩，有一个擅长算命的尼姑跟他父母说，杨坚不是一般人，得放到寺庙里养才行。所以杨坚在寺庙里生活了好几年，并得了一个小名“那罗延”，意思就是金刚力士。

长大以后，杨坚的才能越来越突出。许多大臣暗中向皇帝进言，说杨坚的相貌看起来不同寻常，以后肯定会造反。这些言论让皇帝也很忌惮杨坚，试探了他好几次。没有办法，杨坚只好申请到外地去当官，这才勉强打消了皇帝的怀疑。

造反成功

杨坚知道自己不得不去外地当官，所以临走之前，他在朝中安排了许多自己的人手。到了外地没多久，皇帝就病重去世了，杨坚安排的人立马开始行动，他们伪造了一份诏书，声称新继位的周静帝年纪太小了，管不了事儿，让杨坚当大丞相，来辅佐周静帝。

就这样，杨坚一步步地掌握了大权，并打败了许多不服他的人。到了 581 年，杨坚逼迫周静帝下了禅让的诏书，把皇位让了出来，随后，杨坚自己当了皇帝，建立了隋朝，并将年号改成了开皇。

没想到我儿子也想造反

杨坚刚当皇帝的时候，励精图治，成功开创了繁荣昌盛的“开皇之治”。但他疑心很重，总是觉得大臣们想造反，因此杀了不少臣子。他晚年时，朝廷的法度也越来越严苛，比如说，如果三个人一起偷了一个西瓜，只要被发现，就会被判处死刑。这多吓人啊，所以百姓们的日子也越来越不好过。

然而，杨坚没想到的是，大臣和百姓们还没来得及造反，他先被自己儿子给害了。杨坚晚年的时候，非常宠爱独孤皇后，独孤皇后很讨厌太子杨勇，所以就总说杨勇的坏话，导致杨坚也越来越不喜欢他，最终废黜了他，让另一个儿子杨广当了太子。

后来，杨坚病重，杨广入宫侍疾，他不想着怎么治好父亲的病，反而开始和臣子杨素谋划着杨坚驾崩后的事宣。他亲手写了一封信，派人送出来询问杨素，杨素给杨广写了回信，提了一大堆建议，没想到送信的人不靠谱，居然把信送到了杨坚的手里。杨坚一看，好啊，我还没死呢，你就想着等我死了好当皇帝，那我就偏不让你如愿。于是，杨坚派人去找杨勇，想重新让杨勇当太子，但消息还没传出去，杨广就知道了。他带着人封锁了杨坚住的地方，不让任何人进去。没过多久，杨坚就去世了，杨广登基，当了皇帝。

谁比谁厉害

李渊

哟，这不是杨坚吗？居然在这儿遇见你了。

杨坚

你还好意思打招呼，你可是隋朝的臣子，居然敢让我重孙杨侑把皇位禅让给你，真是太过分了！

李渊

嗨，你们隋朝眼看着要灭亡了，到处都在农民起义，你的子孙管不了天下，还不如退位，让我来当皇帝。再说了，你也是北周的臣子，不也让周静帝禅位给你了吗？

杨坚

哼，你让我重孙禅位，你晚年也被儿子李世民逼着禅位了，真是一报还一报啊！

李渊

你就比我好吗？我怎么听说你晚年被儿子杨广给逼死了呢？这么一说，你还不如我，我至少还当了几年太上皇呢。

杨坚

那我还有“开皇之治”，你有吗？我在位的时候，废除了之前不合理的官制，设立了五省，分别是内侍省、秘书省、门下省、内史省和尚书省。内侍省管理宫中的事儿，秘书省管理各种书籍和历法，主要的政务还是由内史省、门下省、尚书省来掌管，这样处理国家大事方便多了。你们唐朝的“三省六部制”不就是从我这儿来的？

李渊

这个我倒是承认，那我大唐还有科举制呢，天下人才都被我们收入囊中了，你有吗？

杨坚

得了吧，你这科举制还是从我这儿来的呢。你学我的东西还少吗？我修订律法，制定了《开皇律》，废除了好多残忍的刑法条款，还设立了死刑复奏制度，但凡是判处死刑的案件，都需要上报朝廷，进行三次审核才能最终决定，这就避免了滥杀无辜。再说了，我在位的时候，不少地方都大丰收，修建了许多粮仓，存储了很多粮食，据说隋朝已经灭亡了二十年，我都死了三十三年了，当时存储的粮食你们都还没吃完，可见我在位的时候国家有多么富裕强盛。这些你能否认吗？

这……行吧，我承认你说得对，你在位时设立的许多制度，大唐都给延续下来了。但你去世以后，隋朝确实衰败了，百姓们日子过不下去，还不许换个新皇帝吗？要我说，要怪就怪你儿子，怪不到我头上，没有我李渊，也会有其他人推翻隋朝。

唉，你说得也没错。算了算了，纠结这也没什么用了，还不如去喝杯茶呢。

行了行了，知道你爱茶，还推动了茶叶的普及，那走吧，一起喝杯茶去。

衣服湿了？

后世人可真有意思，我今天闲着没事儿，看了看成语词典，居然发现了一个由我创造的成语——一衣带水，哈哈哈哈，看来我也挺有文学天赋的嘛，这也算是“文史留名”了。

想想那时候，我刚刚当了皇帝，把国家治理得民富兵强。但我只统一了北方，南方的陈朝后主陈叔宝还占着一大块儿地方呢，我就打算打败他，统一中国。

但长江真是太险要了，陈叔宝只要派人在江边守着，我就过不去，这可怎么办？我还记得当时大臣高颎给我出了一个主意，说江南的庄稼比江北成熟得早，我们可以在他们庄稼收获的季节假装出兵攻打他们，这么一来，陈叔宝肯定会征兵来防范，地里的庄稼就没人收了。等他们做好了准备，我们再撤回来。只要来上这么几次，他们就会以为我们只是吓唬他们，从而放松警惕。等到时候，我们再出兵，他们肯定没有准备，就会被我们打得措手不及了。

而且，据说南方的粮食存储方法跟我们北方不一样，北方干燥，粮食都是挖个地窖藏在地下，但南方很潮湿，为了不让粮食腐烂，一般都是存储在用竹子或者茅草建造的仓库里。这么一来，只要有点儿火，他们这粮仓就保不住，我们就多派些人去把他们的粮仓给点着了，他们还能打得过我们吗？

高颎这主意真不错，为了灭掉陈朝，我可是足足准备了七年，才终于在我登基的第八年下令去攻打陈叔宝。临出发前，我说：**“我为百姓父母，岂可限一衣带水不拯之乎？”**意思就是我是天下老百姓的父母，难道就因为一条像衣服带子一样窄的长江的阻隔，就不去拯救那里的老百姓吗？

我说这句话的时候只是想表达一下自己攻打陈朝、统一天下的决心，没想到后世人居然把它变成了一个成语，来形容虽然有江河湖海相隔，但不足以成为交往的阻碍，表示两个地方离得近，这可真是出乎我的意料啊。

其实不想让

杨坚逼迫周静帝将皇位禅让给了自己，成了隋朝开国皇帝。那“禅让”到底是什么意思呢？

“禅”这个字由“示”和“单”组成，在甲骨文里，“示”长得跟牌位很像，表示祭祀鬼神祖先，而“单”表示这个字的读音，没有什么实际的意思。“让”的意思是让给别人，所以“禅让”连起来，就是在祖先面前把皇位让给别人的意思。

禅让制度在上古时期就已经有了，尧把皇位让给了舜，舜又让给了禹。这时候，禅让还是皇帝自愿的行为，目的是把皇位让给更有才能的人。但到了后世，禅让逐渐失去了其原始意义，变得更具强迫性。

比如在东汉末年，曹操挟天子以令诸侯，掌握了国家大权，当了魏王，和孙权、刘备争夺天下。等他去世后，曹丕继位，没多久就逼迫着汉献帝把皇位禅让给了自己，建立了魏国，成了真正的皇帝。后来，魏国衰弱，大臣司马炎又逼迫魏元帝曹奂禅让，自己当了皇帝，建立了西晋。

在唐朝灭亡后的五代十国时期，后周皇帝柴宗训由于年纪很小，收到从边疆传来的契丹马上要进攻的消息，他也不知道这消息的真假，那时候也没有咱们现在的通信设备，只能先派大臣赵匡胤带着兵马去抵御契丹的入侵。但实际上，这是个假消息，等走到陈桥驿这个地方的时候，赵匡胤就和手下将士们商量着，打算造反。将士们把一件黄袍拿过来盖在他身上，拥护他当皇帝，他先假装推托几回，最后再接受将士们的请求，表示不是自己想造反，而是将士们的人心所向。这事儿也被称为“黄袍加身”“陈桥兵变”。回到朝廷后，赵匡胤就逼迫着柴宗训将皇位禅让给了自己，建立了宋朝。

为什么这些大臣都已经掌握了实权，还非要搞个禅让呢？直接自己宣布当皇帝不行吗？这其实源于一个需求，就是政权合法性。简单来说，这个皇帝总得当得名

正言顺呀，总得有百姓认同啊，要不然百姓们会觉得你是乱臣贼子。只有名正言顺了，那你才有了合法性，才能服众。那怎么能名正言顺呢？最好的办法就是禅让，前一个皇帝把皇位让给你，那你就理所当然是皇帝了，这就是合法性。也正因为如此，中国历史上才有了不少被迫禅让的事儿。

汉献帝
曹丕
一边儿待着去吧！
赵匡胤
该我当皇帝了！
柴宗训
周静帝
杨坚
这是我的！
呜呜呜！
呜呜呜！
我们是被逼的啊！

小偷

偷个西瓜就判死刑，这个西瓜是金子做的吗？

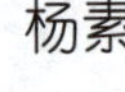

杨素

哎哟喂，这信怎么送到您手上了？气着您了，真是不好意思啊！

周静帝

造反就造反，还非得让我禅位，真讨厌！

扫二维码，听精彩讲解

杨素

文武双全的大权臣

杨素（？—606 年）

字　号：字处道

籍　贯：弘农郡华阴县（今陕西省华阴市）

地　位：隋朝诗人、军事家

杨素这辈子

杨素是隋朝时期的一位杰出人物，他既是诗人，又是军事家，同时还擅长书法，且以谋略著称，他曾帮着隋炀帝杨广夺得皇位，是历史上有名的权臣之一。

我是贵族出身

杨素出生在一个贵族世家——弘农杨氏。在东汉时期，有个叫杨震的名臣，他博览群书，为人正直，被人称为“关西孔子”。杨震曾担任太尉一职，相当于现在的国防部部长。后来，杨震的儿子、孙子、重孙都当了太尉，家世显赫，杨家也被称为“四世太尉”。从此以后，弘农杨氏就成了名门望族。

出生在这样一个家族，杨素从小就受到了很好的教育。他小时候志向很远大，不拘小节，周围的人都不理解他，觉得他没什么长处，只有他的一个远房亲戚觉得他很厉害，不是一般人。

当官，我擅长

长大以后，杨素果然显露出非凡的才华。杨素的父亲死在了战场上，杨素便向当时的皇帝周武帝宇文邕上奏，希望能追封他的父亲。然而，周武帝不太喜欢杨素，就没有搭理他。杨素也不放弃，一连上奏了好几天，周武帝终于忍无可忍，下令杀了杨素。杨素胆子可大了，一听这命令，大声喊道：**“臣事无道天子，死其分也。”**意思就是我给无道的天子做事，死是应该的。周武帝听了这话，顿时觉得杨素是个耿直的人，不仅赦免了他，还开始重用他。

后来，杨素觉得新上位的北周皇帝不靠谱，而当时的大将军杨坚倒是挺厉害的，于是投靠了杨坚。杨坚就是后来的隋朝开国皇帝隋文帝。杨坚建立隋朝后，就任命杨素为大将军，让他带领水师去攻打南方的陈国。杨素带着人建造了很多高大的战船，又把建船的废料扔到河里，故意让它们漂到陈国境内，来吓唬陈国的将士们。等正式开战的时候，杨素站在战船的船头，威风凛凛，陈国的百姓看见了，根本不敢反抗，甚至还有人跪在地上磕头，以为杨素是河神。就这样，杨素带领着水军，攻破了陈国。

讨好皇帝，我也擅长

杨素功绩卓著，很受隋文帝的信任，权势也越来越

大，一旦有人得罪他，他就一定会报复回去，要是有人讨好他，哪怕没有什么才华，他也会推荐这人当大官。因此，大臣们没人敢弹劾杨素，只敢在皇帝面前说他的好话。

有一次，隋文帝下令让杨素主持修建一座叫仁寿宫的宫殿。杨素为了讨好隋文帝，想把宫殿修大一点，居然直接把附近的一座小山给推平了。同时，为了加快工程的进度，他征调了好多民夫，逼着他们干活，很多人都累死了。

杨素把宫殿修得很华丽，但偏偏隋文帝是个很节俭的人，见宫殿这么奢华，非常生气，就责骂了杨素一顿，打算治他的罪。杨素一看皇帝不满意，吓坏了，急中生智，决定求助于皇后。他偷偷跑去找皇后，给皇后送了很多财物。第二天，隋文帝想惩治杨素的时候，皇后就在旁边为杨素辩解，果然，隋文帝最终不仅没有惩罚杨素，还给他赏了好多钱，更加信任他了。

后来隋文帝杨坚去世，他的儿子杨广继位，也就是隋炀帝。杨广即位后，杨素因为帮助杨广夺得了皇位，更加受重视，但也遭到了杨广的忌惮。杨素晚年病得很重，杨广派了好多医生去给他看病，还给他送了很多名贵的药材，表面上看起来很重视杨素，实际上，杨广一直在私下问医生杨素的情况，生怕他好起来。杨素见皇帝这么防备他，也知道自己的地位和权势已经到了极限，不可能更高了，于是就拒绝吃药，最终病死了。

好朋友居然不理我

杜甫

唉，他怎么不给我回信呢？

杨素

唉，他怎么不给我回信呢？

杜甫

你谁啊？怎么学人说话呢？

这不是杜甫吗？我没有学你说话啊！唉，你可不知道，我有个好朋友，叫薛道衡，我给他写了十几首诗，他都没有回复我，唉！

杜甫

啊？那咱俩算是同病相怜了，我是给李白写了好几首诗，他也不回复我。唉，算了，不说我了，你给朋友写了什么诗啊？是不是写得不好啊？

杨素

没有吧？我觉得我这诗写得也不差啊。正好，你是诗圣，帮我看看我这诗有没有问题。我这是组诗，写了十四首，我就挑其中的第十三

首给你看看吧。开头是这么写的：**“秋水鱼游日，春树鸟鸣时。濠（háo）梁暮共往，幽谷有相思。”**

这挺好的啊，“秋水”和“濠梁”说的是庄子和惠子的事儿吧？他俩曾经一起在濠梁这个地方看鱼，是特别好的朋友。“鸟鸣”和“幽谷”是不是出自《诗经》啊？写山谷里的木头被砍掉了，鸟儿飞到高高的树上，嘤嘤地鸣叫着，希望能够听到同伴的声音。这两句都是表达对友人的怀念之情，没问题啊！

对，我接下来写的是**“千里悲无驾，一见杳（yǎo）难期”**。据说三国时期的大文人嵇康有个好朋友叫吕安，两个人关系特别好，但是所在的地方相距很远，嵇康就常常亲自驾着车，走很远的路去拜访吕安。这种深厚的友情被后世称为“千里命驾”。现在我的朋友也到千里之外的番州去做官了，但我却病重躺在床上，起都起不来，更不用说驾车出远门了。唉，想和朋友见一面可真难啊。

杜甫

谁说不是呢？你这个典故用得还挺贴切的，也算是情真意切了。后面呢？

最后我是这么写的：**“山河散琼蕊，庭树下丹滋。物华不相待，迟暮有余悲。”**千里山河，那琼玉一般美好的花蕊都慢慢散落了，庭院里那鲜红的花朵，也从枝头飘落了。我现在老了，估计没多少日子可活了，以前那些美好的时光，都已经一去不复返，只留下无尽的悲伤了。

杜甫

哎呀，你这写得太伤感了，我听着都觉得难过，你朋友怎么说啊？

杨素

唉，说来惭愧，我其实品性不那么高洁，有时候比较奢侈，时不时地也会讨好一下皇帝。但我朋友是一个很正直的人，可能不是很赞同我的做法，据说他看到我写的诗之后，叹息着说：**“人之将死，其言也善，岂若是乎！”**意思就是人快死的时候，说的话也变得友善了，难道就是像这样的吗？可见他也觉得我之前做的有不对的地方，唉！

啊？你居然是这样的，我真是看错人了！看你写的诗这么情真意切，我还以为你是个好人呢。要我说，你这朋友也真够意思，知道你品性不太好，还和你做朋友，要是我，早就不和你来往了！走了！

啊？别啊，诗圣，等等我，听我解释啊，诗圣！

走，跟我打仗去

皇帝又派我去打仗，看来我还是挺受重视的嘛，必须写首诗来记录一下。这样吧，先交代一下背景，可不能让人觉得我是出去玩儿了，**“漠南胡未空，汉将复临戎。飞狐出塞北，碣石指辽东”**。瞧瞧，多么简洁明了！突厥军队还没有被剿灭干净，我作为中原大将，再次率兵出征。这次出征有两支队伍，一支队伍经过飞狐塞出征，另一支则经过碣石，前往辽东。

出征总得表示一下决心吧，那就这么写：**“冠军[①]临瀚海，长平[②]翼大风。云横虎落阵，气抱龙城虹。”**冠军侯霍去病一直打到了北海，长平侯卫青也非常有气势，我现在的英姿跟他们比也差不了多少。隋军的声威极大，就像一大片云，压在突厥的军营前面，士兵们气势如虹，宛如环绕着龙城的绚烂彩练。这形势，真可谓是**“横行万里外，胡运百年穷”**，我大隋朝的军队能征善战，到了万里之外，这次肯定能消灭突厥！

果然，这场仗打得特别快，**“兵寝星芒落，战解月轮**

① 冠军：指被封为冠军侯的汉朝大将霍去病。
② 长平：指被封为长平侯的汉朝大将卫青。

空。严鐎[①]息夜斗，骍角[②]罢鸣弓。”当星星和月亮的光芒渐渐隐去，战斗已经结束，将士们都开始休息。不过，被我们打败的突厥人可就没那么舒服了，“北风嘶朔马，胡霜切塞鸿”，听，他们的战马已经失去了主人，正在悲鸣，天上的大雁似乎都在哀叫呢。

不过，得先说明一下，我们这场仗，可不是为了欺负突厥人，而是出于善意，希望他们这些偏僻地方的少数民族也能受到文明的教化，就是“休明大道暨，幽荒日用同”。等天亮了，我们就可以凯旋了，“方就长安邸，来谒建章宫”！

① 鐎（jiāo）：古代一种军用器具，白天用来做饭，晚上用来敲击报时。
② 骍角：赤色牛角，用来装饰弓的

破镜重圆居然跟我有关

杨素是隋朝有名的权臣，权势极盛，连皇帝都很忌惮他。但就是这么一个人，居然主动把自己的小妾送给了别人，这是怎么回事呢？

原来，在南北朝末年，隋文帝杨坚派兵攻打陈朝，陈朝的皇帝陈叔宝十分昏庸，隋军都已经兵临城下了，他还是不理朝政，只知道玩乐。陈叔宝有个妹妹叫乐昌公主，她的丈夫叫徐德言。徐德言目睹陈叔宝的行为，预感到陈朝马上就要灭亡了，于是拿来一面铜镜，从中间掰开，和乐昌公主一人拿了一半，说："陈朝眼看着就要被攻破了，到时候，兵荒马乱，你我夫妻不一定能相守。如果我们不幸分开了，每年正月十五的时候，就在街头卖这半面镜子。要是看到这半面镜子，就说明对方还活着，或许我们到时候还能再相见。"

没过多久，陈朝果然灭亡了，乐昌公主成了俘虏，被带到了隋朝的都城长安，并被皇帝赏赐给了大臣杨素。徐德言知道妻子去了长安，便也一路跋涉，到长安来找妻子。

正月十五那天，徐德言拿着半面铜镜在街上卖，又四处探看有没有人在卖另外半面。突然间，他发现有一个仆人也在卖半面铜镜，拿过来一看，发现跟自己的半面正好吻合，就是乐昌公主的镜子！徐德言一打听，才知道乐昌公主成了杨素的妾，心中顿感绝望，认为两人再也没法见面了。徐德言悲伤不已，就在镜子上写了一首诗，让这个仆人送给了乐昌公主。这首诗名叫《破镜诗》，写的是：**“镜与人俱去，镜归人不归。无复嫦娥影，空留明月辉。”**

乐昌公主看到这首诗后，知道是丈夫徐德言写的，非常伤心，吃不下睡不着，天天都在哭。杨素发现后，询问了事情的经过，他非常同情乐昌公主和徐德言的遭遇，就派人把徐德言找来，把乐昌公主重新嫁给了他。

当时的人们知道这件事后，都称赞杨素的大度，称这件事为“破镜重圆”。后世人们以此来比喻夫妻失散后重新团聚或决裂后重新和好。

给我推平了！

杨素

给我修快点！

杨素

给我摆满了！

杨素

皇帝

给我一边儿待着去！

好！

杨素

杨坚

谁让你给我修这么大的宫殿了？这不是在败坏我的名声吗？

虽然我很欣赏你，但如果你去世了，我会更欣赏你的！

杨广

薛道衡

求求你别给我写诗了，一次写那么多，为了给你写回复，我手都要写断了！

扫二维码，听精彩讲解

呜！
嘿嘿嘿！

虞世南

不爱干净的大诗人

虞世南（558 年—638 年）

字　号：字伯施

籍　贯：慈溪鸣鹤（今浙江省慈溪市）

地　位：“凌烟阁二十四功臣”之一，“初唐四大家”[1]之一

---

① 初唐四大家：指是唐朝初年的四位书画俱绝的大文人：欧阳询、虞世南、褚遂良、薛稷。

虞世南这辈子

虞世南是南北朝至隋唐时期的书法家、文学家，他才华卓越，性情刚烈，深受李世民信任，被称为“德行、忠直、博学、文辞、书翰”五绝。

我到底是谁儿子

虞世南出生在一个贵族世家，他祖父虞检在梁代时就当过高官，父亲虞荔也在陈朝当太子中庶子，相当于太子的亲信，也是很重要的官职。虞世南的叔父叫虞寄，当过陈朝的中书侍郎，相当于副宰相。所以虞世南从小就受到了很好的教育。

由于虞寄一直没有子嗣，而虞世南还有个亲哥哥叫虞世基，为了让弟弟能有个后代，虞荔就把二儿子虞世南过继给了虞寄。这么一来，虞世南的亲生父亲就成了他的大伯。因为这样的关系，虞世南成年后，就取了个字叫“伯施”，意思是大伯送过来的孩子。

聪明如我

虞世南家境富庶，又很聪明，从小就展现出过人的才华。他小时候和哥哥虞世基一起学习，有时学习得太专注了，甚至会连续十几天都不梳洗，整个人显得脏兮兮的。

除了写文章之外，他还很擅长书法。当时他们家乡有一个和尚叫智永，据说是“书圣”王羲之的七世孙，书法造诣极高。虞世南就想方设法地拜智永为老师，让他教自己书法，最终练出了一手好字。

陈朝灭亡后，虞世南和虞世基一起到了隋朝的都城长安，因为兄弟两个都很有才，很快就在长安城内出了名，当时的人把他们比作西晋的“二陆”，也就是陆机和陆云兄弟俩。

我可太难了

虞世南和虞世基到了隋朝后，杨广听说了他们的名声，就想拉拢他们为自己效力，虞世基同意了，但虞世南性情耿直，瞧不起杨广，就找了个借口，说自己母亲生病，离开了长安城。杨广很生气，派人把他给追了回来。

后来，虞世基当了高官，生活奢侈华贵，虞世南和他住在一起，却生活得清贫节俭，受到了当时人们的称赞。

隋朝末年，虞世南历尽艰辛，先是跟着叛军首领宇文化及。后来，宇文化及被杀了，虞世南又被另一支叛军的首领窦建德抓获，当了黄门侍郎，也就是皇帝的近侍之臣。然而，没过多久，秦王李世民又打败了窦建德，任命虞世南为弘文馆学士。当时弘文馆内有十八人，常在一起讨论政事，被人们誉为“十八学士”。

直到此时，虞世南才真正得到重用，李世民甚至称赞他说：**“群臣皆若世南，天下何忧不理！”**意思是各位臣子要是都像虞世南一样，何愁不能治理好天下呢？虞世南去世时，李世民痛哭流涕，说他是“当代名臣”。

你居然吃蝉！

李时珍

徒弟，你记住了，蝉也能入药，与其他药材一起进行炮制，可以用来治疗破伤风。

虞世南

哎呀，李兄，你可真是太俗气了，蝉多高雅啊，你居然只想着吃它！

李时珍

哼，我跟你这种书生没什么可说的，我这是用蝉治病，你们一天天就会写几首酸诗，有什么用啊？

虞世南

怎么没有用？你肯定还没看我那首新诗《蝉》吧，那里面的蝉可寄托了我高洁的志向呢。

李时珍

是吗？趁我现在有空，说来听听？

虞世南

你可听好了。我这诗一开始就介绍了蝉的习性：**“垂緌（ruí）饮清露，流响出疏桐。”**

李时珍

这我知道，垂緌就是蝉的触须嘛，你这句说的是蝉生性高洁，它只喝露水，栖息在高高的梧桐树上鸣叫。要我说，这不是人人都知道的事儿吗？还有什么可写的？不过，你倒是提醒了我，蝉的触须是不是也能用来入药啊？

别想着你那药了，你倒是听我说后半句啊！**“居高声自远，非是藉秋风”**，意思是蝉因为身处高处，所以它的鸣叫声能传出去很远，而不是借助于秋风的传送。

李时珍

啊，我明白了，你这是说你自己吧？你可是十八学士之一，又位列凌烟阁二十四功臣，声名远扬，你是想说能有这样的成就，主要还是因为自己才华卓著，而不是因为君主的重用，对吗？

虞世南

你这理解勉强算对，但还是差点儿意思，其实啊，我更想说的是，作为君子，应该像蝉一样，有高洁的品质，不与世俗同流合污，这样才能居高而声远，不受外在事物的制约。

李时珍

哦，我懂了，你这么一说，还确实是托蝉抒发自己的志向，不错不错！

虞世南

我这诗可受追捧了，清代有个叫沈德潜的大文人还说我这诗**“咏蝉者每咏其声，此独尊其品格”**。他这评价一语破的，很懂我！而且，据说唐朝诗人骆宾王和李商隐都写过蝉，我们仨写的诗还被称为“咏蝉三绝”呢。

李时珍

好好好，知道你写诗厉害，行了吧？快走快走，别耽误我研究医药。

虞世南

你这人，真是一点儿情趣都没有！我找别人去看我的新诗了！

皇帝请我写诗

哎呦，太受皇帝重用也不好，这不，今天皇帝请我去赴宴，他写了一首诗，非得让我和一首，真是麻烦。没办法，我只好写了一首，叫《赋得临池竹应制》。

这题目看起来长，其实真正有用的就是“临池竹”这三个字，“赋得”其实是一种诗体，古人科举考试的时候，往往在命题诗前加“赋得”二字，后来即景赋诗的题目往往也冠以“赋得”二字。我记得后世有个叫白居易的，写了一首《赋得古原草送别》，好像还挺有名的。“应制”就更简单了，特指应皇帝之命写的诗文。所以我这首诗的题目合起来就是看着眼前的临池竹，奉皇帝的命令写的诗。

要写竹子，肯定得写它的外貌，也就是**“葱翠梢云质，垂彩映清池。波泛含风影，流摇防露枝”**，竹子长得很高，翠绿的竹梢仿佛触及云端，竹子的倒影又映在水里，水波荡漾，竹子的倒影也随之摇曳生姿。

既然要与皇帝和诗，那肯定得写写龙凤之类的，所以我接下来又加了一句：**“龙鳞漾嶰（xiè）谷，凤翅拂涟漪（lián yī）。”**嶰谷在昆仑山，据说里面长着各种奇异的竹子，黄帝曾经派他的乐师去那里采竹子做乐器。因此我这里说竹子的影子倒映在水里，就好像龙鳞倒映在嶰谷的溪水里，又像凤凰的翅膀拂动水面，激起层层涟漪。

最后，肯定还得再谈谈竹子的品质。说到这儿，就不得不提一下皇帝先写的那首诗，明明在写竹子“翠叶负寒霜”，却偏偏要写春夏的景象，寒霜不是秋冬才有吗？我觉得我得纠正他一下。于是我最后一句是这么写的：**“欲识凌冬性，唯有岁寒知。”**想要理解竹子高洁的品质，只有在天气寒冷的时候才行。

瞧瞧，我这诗写的，从竹子的外形到品质，一气呵成，顺便还纠正了一下皇帝的错误，多好！但为什么我写完这诗以后皇帝的脸色有点儿不太好看啊？

神奇的蝉

蝉在中国古代被视为一种很神奇的生物，常常出现在各种典籍或者诗文里，逐渐形成了一种蝉文化。

据说中国古代的第一个朝代夏朝，其国号就是从蝉而来的，“夏”这个字的甲骨文，形状就像是一只蝉。

蝉在地下产卵，幼虫在夏天从地下钻出来，爬到树上，开始它的一生。古人以为蝉是从土里长出来的，又看它身上一点儿都不沾土，所以认为它很高洁，从来不沾染污秽。同时，蝉吃的是植物的汁液，古人可不知道这一点，他们看蝉不吃树叶也不吃肉，还以为它只吃露水呢，所以就更觉得蝉高洁了。

因为这个特性，蝉常常出现在诗文里，成为诗人寄托志向的象征。有时候，人们还会把蝉雕刻在各种餐具、酒具上，来表示饮食洁净。到了汉朝的时候，人们还会在帽子上绣上蝉来作装饰。比如我们熟知的大美女貂蝉，“貂”指的是帽子上装饰的貂尾，“蝉”则是指帽子上绣的蝉的花纹。

此外，蝉还会脱壳，这在古人看来可不得了，这是能重生啊，这么一来，蝉就又带上了一点儿神秘色彩。在新石器时期就已经有了玉蝉，在考古发掘的古墓里，常可见到死者的嘴里含着一只玉做的蝉，这其实寄托着人们对死者灵魂不灭的祝福。到了商周时期，就连兵器上也常常雕刻着蝉纹，人们希望通过这样的方式得到神灵的保佑，让他们在战争中死亡时还可以重生复活。

最后，蝉还能食用。早在商朝的时候，就有烤蝉这种说法，周朝甚至还把蝉当成是王室贵族们吃的一种小菜。在墓葬里，往死者口中放玉蝉，除了象征重生外，也体现了古人“视死如生”的观念。为死者放置玉蝉，其实就是表示给了死者食物。

我帽子上有蝉。
我兵器上有蝉。
貂蝉
我名字里有蝉。
我嘴里有蝉。
鬼啊！

李世民

知道我写错了不能偷偷告诉我吗？非得当众指出来啊？

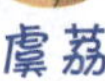

儿子呀，爸爸也是不得已才把你送给别人啊，你可得原谅我！

蝉

谢谢你为我写诗，要是能把我写得再神秘点儿就更好了！

扫二维码，听精彩讲解

隋炀帝

不是好皇帝，却是好诗人

隋炀帝（569 年—618 年）

姓　名：杨广

别　名：杨英

字　号：小字阿麼

籍　贯：弘农郡华阴县（今陕西省华阴市）

地　位：隋朝第二位皇帝

杨广这辈子

隋炀帝杨广是隋朝的第二位皇帝，也是隋朝的亡国之君。杨广在位期间，功过并举，既有许多遗泽后世的举措，又滥用民力，给当时百姓带来了极大的灾难，留下了暴君的骂名。

瞧我这演技

杨广是隋文帝杨坚的第二个儿子，他的大哥杨勇是皇太子。本来杨广没什么机会继承皇位，但他是一个很有野心的人，一直想取代杨勇，于是便经常伪装自己来讨隋文帝的欢心。

隋文帝生活节俭，太子杨勇却很喜欢各种娱乐，喜爱奢侈，杨广就抓住了这个机会，他把自己府内许多乐器的弦都弄断，又让上面落满灰尘，仿佛从来不用。隋文帝一看，以为杨广不喜欢歌舞娱乐，生活简朴，就对他很满意。

同时，独孤皇后很不喜欢妾室。太子杨勇偏偏又很喜欢美人，有许多妾。针对这一点，杨广故意不纳妾，整天和自己的妻子在一起，从来不去见那些妾室，从而赢得了独孤皇后的喜爱。

瞧我这排场

杨广继位后，再也没人能管着他了，他很快就露出了真面目，骄奢淫逸，好大喜功。他在洛阳附近修了一个巨大的西苑，来供他休息游玩。为了让西苑四季如春，他派人搜集天下的名花异草、珍禽奇兽放在这里，到秋冬草木凋零的时候，又让人用彩缎剪成花和叶来装点，极尽奢华。

杨广还很喜欢出去玩，他下令开凿了一条几千里的大运河，从现在的北京一直修到了杭州，中间刚好经过洛阳，这样他去江南游玩就更方便了。要知道，古代可没有咱们现在的机械设备，全靠百姓们人工修建，历时六年才修好，几乎一半的工人都死在了修运河的过程中。修好以后，杨广又建了好几艘大龙舟，龙舟高十多米，相当于现在的四五层楼那么高，长大概六十米，相当于两个篮球场那么长。龙舟上遍布各种金玉的装饰，简直就是古代版的豪华游轮。

瞧我这可怜

杨广生活奢侈，穷兵黩武，到他晚年的时候，百姓们实在活不下去了，各地纷纷爆发农民起义。杨广派人

镇压了好几回也没有压下去，渐渐就有点害怕，也不太敢再听农民起义的消息。他身边的奸臣见此情形，就经常对他说假话，骗他说农民起义越来越少了。

实际上，农民起义愈演愈烈，与此同时，杨广却还在各地挑选美女，每天吃喝玩乐，不思进取。其实，他内心也清楚自己已经走投无路，隋朝马上要灭亡了。有一次，他早上洗漱的时候，看着镜子里的自己，突然摸着自己的头，对皇后说："好头颈，谁当斫（zhuó）之？"意思就是我这大好的头颅，会被谁砍掉呢？

最后，杨广的部下发动兵变，想杀了他。杨广听闻，仓皇逃走，在逃跑的路上被抓住，然后被勒死了。

怎么才能不当暴君呢

哎呀，政哥好，打扰了，我这次来，是想问问您，怎么才能不当暴君啊？

嗯？你这是在变着花样嘲讽我吗？后世多少人都认为我是暴君，你还问我怎么不当暴君？

没有没有，政哥您误会了。确实，后世是有一部分人对您评价不太好，但大部分人还是认为您作为中国历史上第一个皇帝，是千古一帝呢。我还专门为您写了一首《饮马长城窟行》，您看看这句**“树兹万世策，安此亿兆生”**，就是说您修建的长城惠泽万世、保护众生啊！

哟，你还写过这个呢？那行，看在你对我评价挺高的分上，我来指点指点你。说吧，你都干过些什么？

是这样的，我修了一条大运河，从北京一直

修到了杭州，沟通南北，这么一来，商人贩运、文人交游、亲朋走访都方便多了，这是多好的工程啊，就因为我在大运河上造了几条龙舟，他们就说我是暴君。好在后世有一个叫皮日休的诗人为我说了几句公道话：**“尽道隋亡为此河，至今千里赖通波。若无水殿龙舟事，共禹论功不较多。”**

这诗写得不错啊，都说隋朝灭亡是因为这条河，但至今人们南北来往都依赖这条河，要是没有龙舟的事儿，你的功劳都能和治水的大禹相提并论了。

您别夸这诗啊，教教我，为什么您修了长城，我修了大运河，人们不怎么骂您，却都喜欢骂我呢？

这还不简单，我就问你，你修大运河的目的是什么？是不是主要为了享乐，为了方便你自己下江南游玩？我呢，我修长城可不是为了自己高兴，而是为了保护百姓。所以啊，咱俩这出发点都不一样，你为了自己享乐，让那么多百姓都遭了罪，人家可不得骂你吗？

您说的好像也有道理，但我还有个想不通的地方。当年我巡视塞北，带着几十万大军到了突厥可汗启民的牙帐，启民可汗甚至还为我修了一条几千里的御道，几乎算得上那个时代的高速公路了。隋朝那时候可强了，突厥被我们打得抬不起头来，丝绸之路也达到了空前的繁盛，我甚至还举办了世界上第一个“万国博览会”，多么壮观啊！怎么没人夸我这些呢？

是，这确实是你的功劳，但你别光说打突厥啊，我怎么记得你还三征高句丽来着？打了三次都没打下来，你也不瞧瞧百姓们都被你耗成什么样了。

唉，这倒也是。但我记得您好像也打了不少仗啊？

哈哈哈，当然也有人骂我，但没办法，谁让我是中国历史上第一个皇帝呢，有这份功劳在，我当然是功大于过啊。

杨广

嗨，您这功劳谁能比得上？不过今天听您这么一说，我倒是也明白了点儿，还是得为老百姓着想才行啊！只希望后世人们也能记着点儿我的功劳，别以为我就只是个暴君，什么好事儿也没干就行。

我还会写诗，想不到吧

我今天看见后世一个叫郑振铎的人对我的评价，他说："杨广虽不是一个很高明的政治家，却是一位绝好的诗人。"我仔细琢磨了一下，这话倒也没错。虽然我当皇帝当得不怎么样，但我自认为诗写得还是不错的。

尤其是那首《春江花月夜》，后世多少人模仿我啊。记得当时我还是太子，奉皇帝的命令去巡视东南，停驻在长江边，我闲着没事儿，出去观景。

黄昏时分，站在长江岸边远眺，暮霭沉沉，江水浩渺，水面平静如镜，令人心中宁静安详。瞧瞧，岸边还有不少花儿呢，现在正是春天，这花儿开得特别茂盛，满满当当的。这幅景象真可谓是**"暮江平不动，春花满正开"**。

黄昏景美，没想到夜晚景色更美。夕阳落下，明月升起，月光照在江面上，波光粼粼，皎洁柔和，看得久了，甚至给人一种这月光会随着江水一起流走的错觉。这时江水涨潮了，江面更宽更开阔了，一波一波的潮水涌上来，好像是带着星星来的一样，也只有**"流波将月去，潮水带星来"**能形容这景色了。

这是一首乐府诗，不少人都用这个题目写过诗，后世唐朝有个叫张若虚的，也写了一首《春江花月夜》，据说还挺有名的。但我一看就知道，他肯定受到了我的启发，尤其是第一句“春江潮水连海平，海上明月共潮生”，这不就跟我的诗一样吗？

后世模仿我的诗人还不少呢，我还有另一首诗叫《野望》，是这么写的：**“寒鸦飞数点，流水绕孤村。斜阳欲落处，一望黯消魂。”**后世宋朝有个叫秦观的，写了首词叫《满庭芳·山抹微云》，里面有一句“斜阳外，寒鸦万点，流水绕孤村”，这简直就是直接用了我的诗句，都没怎么改。

看来，虽说我皇帝当得不怎么样吧，但在文学上，我还是有那么点儿可取之处的嘛！

他俩居然是亲戚

隋朝末年，全国起义频发，其中一支起义军的首领名叫李渊，正是他平定了各地起义，建立了唐朝，从而灭亡了隋朝。听起来，李渊和杨广是势不两立的敌人，但实际上，他俩是亲戚。

李渊的母亲是独孤信的四女儿，而杨坚的皇后则是独孤信的七女儿，所以李渊的母亲和杨坚的皇后是姐妹。那相应地，李渊应该称杨坚的皇后为姨妈，称杨坚为姨父，称杨坚的儿子杨广为表弟。表哥起义，推翻了表弟的统治，想不到吧？

在中国历史上，像这样令人意想不到的亲戚关系还有很多。比如李清照和秦桧，一个是青史留名的大才女，一个是遗臭万年的奸臣，听起来八竿子打不着的两个人，其实也是亲戚。秦桧娶了李清照舅舅的女儿王氏，也就是李清照的表妹，所以秦桧其实是李清照的表妹夫。

再比如诸葛亮和刘表，他俩看似没什么关系，但实际上，刘表是诸葛亮的长辈亲戚。诸葛亮年幼的时候，父亲就去世了，他叔叔诸葛玄不忍心看着他孤苦无依，于是便将他接到身边来抚养。后来，遇上战乱，诸葛玄走投无路，就带着诸葛亮去投奔他的好朋友刘表。所以，在诸葛亮很小的时候，刘表就认识他，几乎是看着他长大的。后来，诸葛亮成年后，娶了黄家的女儿，他的岳母蔡氏和刘表的妻子是亲姐妹，因此，从这层关系上来看，刘表也算是诸葛亮的姨父了。

再比如汉朝的大将卫青与霍去病，卫青的姐姐叫卫子夫，嫁给了汉武帝，所以卫青叫汉武帝姐夫。而卫青、卫子夫还有个姐姐，叫卫少儿，正是霍去病的母亲，所以卫青就是霍去病的舅舅，而汉武帝则是霍去病的姨夫。

隋炀帝
去，给朕挖大运河！
不行！
不能！
再想想！
去，给朕建龙舟！
不行！
再想想！
哎！
去，给朕修西苑！
好！
赞同！
呜呜！
去，给朕平叛！
哪有叛乱？
没什么事儿！
天下太平着呢！

李渊

你这大好头颅，放着我来砍！

隋炀帝啊，我和你一样，也有一个不想要的亲戚啊！

李清照

秦观

要不是我化用，别人能知道你写了这么好的诗句吗？

扫二维码，听精彩讲解

李密

能打天下的好学书生

李密（582 年—619 年）

字　号：字玄邃，一字法主

籍　贯：京兆郡长安县（今陕西省西安市）

地　位：隋末瓦岗军首领

李密这辈子

李密是隋朝末年一支名为瓦岗军的农民起义军首领，这支起义军在当时拥有最强的战斗力，一度有望获得最终的胜利，但由于李密坚持了错误的战略，最终导致了起义的失败。

我跑了

李密年少时非常聪明，当时的越国公杨素很喜欢他，就让自己的儿子杨玄感和李密做了好朋友。后来，杨玄感带兵起义，李密也就加入了他的军队，为他出谋划策。

但杨玄感并不怎么信任李密，也不愿意听取他的建议。有一次，杨玄感俘虏了一个叫韦福嗣的人，并任命他管理军中的各种事务。李密觉得韦福嗣不是真心归顺，迟早会叛逃，就劝杨玄感不要太信任他。可杨玄感却觉得李密是嫉妒韦福嗣，怎么也不听，反而更加重用韦福嗣。果然，没过多久，韦福嗣就偷偷逃跑了。

后来，隋朝大将带兵前来镇压杨玄感，李密给杨玄感出了个主意，让他假称已和陇右的一支军队合作，以此来稳定军心，先跑到潼关再说。但在向潼关撤退途中，杨玄感又想去攻打另一个地方，李密再三劝阻，他也不听。最终，隋朝追兵赶上来了，杨玄感战败被俘，李密也被抓住了。为了脱身，李密给押送他的官兵送了好多珍宝，又时常给他们买酒买菜，官兵们的防备逐渐松懈，李密便趁着他们不注意，偷偷地逃了出来。

我赢了

从官兵手里逃出来后，李密投靠了另一支起义军——瓦岗军。当时瓦岗军的首领名叫翟让，非常信任李密，总会听取他的各种建议，甚至还在李密打了几次胜仗之后，把首领的位置让给了他。

可翟让的部下却很不满意，生怕李密当了首领以后对他们不好，便鼓动翟让再把首领的位置抢回来。李密暗地里得知了这件事，便派人把翟让请到自己的营帐里来喝酒，又送了他一把好弓，趁着翟让欣赏弓箭的时候，李密让人从背后将其杀害，同时也杀了翟让的部下。

这么一来，李密就掌握了瓦岗军的大权，但因为他杀了翟让和其部将，瓦岗军的实力也变弱了，慢慢开始走下坡路。

我又跑了

由于实力减弱，再加上李密决策失误，瓦岗军在一次战役中受到重创。李密本来想自杀，但在部下的劝阻下放弃了，投降了李渊。

李渊很欣赏李密，为了拉拢他，还把自己的表妹嫁给了他。可李密却不甘居于人下，总是闷闷不乐。有一次，李渊派李密到外地去办事儿，走到半路，不知道为什么李渊又下命令把李密叫回去。李密很害怕，总觉得李渊马上就要害他，想着先下手为强，于是就带着自己的部下叛逃，想要重新建立势力，和李渊争夺天下。可没逃多远，李密就被唐军追上，最终被处死。

你也骂过皇帝？

哈哈哈哈，那篇檄文被传颂千古，我真是太牛了！

咦？哪篇檄文？是我让祖君彦写的那篇吗？这不是我的功劳吗？

那你可想多了，明明是我给徐敬业写的那篇《为徐敬业讨武曌檄》，多少人都夸写得好！

哟，没想到你也写过檄文骂皇帝啊？我真是小看你了。

听你这意思，你也写过呗？还能比我这篇厉害？

我倒是没写过，但我让别人替我写过，哈哈哈哈。我当时是瓦岗军的首领，正打算带着手底

下的弟兄们推翻隋炀帝，干一番大事业。不过，要推翻他，肯定得先列举一下他的罪行，所以我就让祖君彦帮我写了一篇檄文，叫《为李密檄洛州文》，一口气列举了隋炀帝的十项罪行！

这么多？看起来这皇帝不怎么样啊，说来听听？

第一项罪行就是他为了继位杀害了自己父亲。第二项是他荒淫享乐，臣子只要给他献上美女就能升官，这也太荒唐了！第三项是他天天不上朝，不处理政事，**“朝谒（yè）罕见其身，群臣希睹其面”**，就是说早上上朝的时候很少看见皇帝，大臣们想拜见他都见不到。第四项是他大修宫殿，**“穷生人之筋力，罄（qìng）天下之资财，使鬼尚难为之，劳人固其不可”**，就是用尽了百姓的力气，花光了天下的钱财，鬼神来修建这些宫殿都会觉得为难，更何况让人来修呢。第五项是他为了满足自己享乐的需要，征收各种赋税，没有个满足的时候，真可谓是**“猛火屡烧，漏卮（zhī）难满”**，就像大火一次次的燃烧，又像盛酒的器皿漏了底，难以装满。

骆宾王

啊？照你这么说，这皇帝也太过分了，早晚被推翻！

李密

可不是吗，就这还没说完呢。第六项是他天天到处巡游玩乐，各地为了接待他，花了不少钱，**“积怨满于山川，号哭动于天地”**，百姓的怨气积满了山谷，号哭的声音震动了天地，百姓多惨啊！第七项是他三征高句丽，只想着打败朝鲜，拓展疆土，根本没考虑过百姓。第八项是他嫉贤妒能，害死了许多贤良的臣子。第九项是他选官用官不公正，让一个人当官不是看他有多少才能，而是看他送了多少钱，这怎么能行！第十项是他没有信用，明明许下诺言说会奖赏立功之人，事后却绝口不提，**“惜其重赏，求人死力，走丸逆坡，匹此非难”**，吝惜赏赐，还想让别人为他出力，圆球逆着坡面向上滚动都没有这么难，这么一来，谁还愿意为他干活啊？

骆宾王

这皇帝的罪责也太多了！我写的那篇檄文里都没有列出这么多罪行啊！

对啊，这样的君主，能不被推翻吗？我觉得祖君彦的总结写得特别好，**“罄南山之竹，书罪未穷；决东海之波，流恶难尽”**。

这句是不是化用了《吕氏春秋》里的那句“尽荆越之竹犹不能书”啊？写得真好，意思是砍尽南山的竹子，做成竹简，也写不完他的罪行，把东海的水全部引来，都洗不清他的罪恶。

对啊，后世人们还把它概括成了一个成语，叫“罄竹难书”，比喻一个人的罪行太多，写都写不完。

听你这么一说，这檄文好像还不错啊，我得去仔细看看，说不定还能学习学习！

牛角书生

今天真是奇了怪了，居然有人在大街上叫我“牛角书生”，这是怎么回事儿？我怎么不知道我还有这个称号？幸好我问了问，才知道原来是因为我年轻时候的一件事儿。

那时候还是隋炀帝在位呢，我在宫里当侍卫。有一次，隋炀帝路过看见我，觉得我长得很不一般，气质也很突出，就跟手下说，让我在宫里当侍卫是浪费才华，别当侍卫了，去干点儿别的。听到这话我还挺高兴的，总算有人赏识我了，我以为皇帝会给我安排个什么官儿当，没想到他只是这么一说，并没有实际行动。哼，不安排算了，我得发愤读书，迟早有一天靠着自己的真才实学当个大官！

从那以后，我总是争分夺秒地学习，一刻也不放松。我的老师名叫包恺，他可不是一般人，我跟着他学习《史记》《汉书》之类的，学到最后，包老师的其他弟子一个也比不过我，要我说啊，我估计就是后世人们说的什么“学神”了吧，哈哈哈哈！

有一次，我骑着一头牛去拜访老师，路上还挺远的，我可不想浪费时间，所以就在牛背上放了个坐垫，又在牛角上挂了几本书，一边走一边看。正好路边有人看见我这样子，就给我起了个称号叫“牛角书生”。后来，这个词演变成了一个成语，用来比喻那些勤奋读书的人。

真是没想到啊，我一生做了那么多大事儿，能流传后世的居然是这么一件不起眼的小事儿，这上哪儿说理去！

戏里也唱过我

据史书记载，李密背叛李渊后，最终被一个叫盛彦师的人给杀了。这事儿还被写成了一个京剧唱段，名叫《断密涧》，也叫《双投唐》，但在这出戏里，李密的结局跟史书记载的还有点儿不一样，这是怎么回事儿呢?

《断密涧》里讲述，李密在瓦岗军里当首领时，手下的大将都不服他，纷纷背叛他投降了李渊，只有王伯当还跟着李密。后来，李密也投降了李渊，还娶了李渊的侄女河阳公主。但李密野心勃勃，根本不是真心投降，有一次，和河阳公主喝酒时，李密没忍住，向河阳公主说了自己造反的计划。河阳公主一听，你要背叛我叔叔，这怎么能行?于是就劝李密放弃这个念头。李密见河阳公主反对，一怒之下，就把河阳公主杀了，之后带着王伯当一起逃跑。李渊得知李密跑了，非常生气，派李世民前去追捕。最终，在一个山涧里，李世民射死了李密和王伯当。从此，这个山涧就被称为“断密涧”了。

明明是被盛彦师杀了，怎么在京剧里变成了李世民呢?其实，像这种史书记载和民间传说不一致的事儿还有很多，比如有个叫《千金记》的戏里讲述的项羽的故

事。在这个戏里，项羽死了以后，尸身一直站着，怎么也不肯倒下，韩信冲着他鞠了一躬，项羽才倒下去。但在史书记载里，项羽没有渡过乌江，他被刘邦手下的士兵包围后，一口气杀了几百人，最终坚持不住，就自杀了。一个叫王翳的将士取走了他的脑袋，其他人瓜分了他的尸体，都拿着去向刘邦领赏了。整个过程其实和韩信没什么关系。

那为什么戏曲里还要这么写呢？这是因为百姓们非常同情李密、项羽这样的英雄人物，觉得他们轻而易举地被不怎么有名的将士杀了，是一件很可惜的事情，于是便想尽办法让他们“死”在有名的大将手里，好显示出他们的不凡，表达对他们的惋惜与敬佩。

酒
嘿嘿！
嘿，我逃了！
隋
我又逃了！
我还得逃！
公主
哈哈！
让你跑！

杨玄感

我知道你说得对，但我就是不想听，哼！

你想跑别叫上我啊，这不是坑人吗？

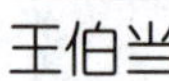

王伯当

竹子

你居然想砍光我？太不讲理了，到时候大熊猫饿肚子你能负责吗？

扫二维码，听精彩讲解

附录

《隋唐演义》

那些讲义气的英雄们

褚人获

文　　体：长篇章回体英雄传奇和历史演义小说

作　　者：褚人获

作品年代：明末清初

篇　　幅：一百回

地　　位：标志着说唐题材小说创作的转型

秦琼

人物特点：武艺高强、正直义气

秦琼是《隋唐演义》中的主要人物，他出身名门世家，爷爷是北齐领军大将，父亲是大将秦彝，家境很不错。但好景不长，爷爷和父亲双双在战争中去世，秦家家道中落，秦琼的生活也稍显困窘。

秦琼从小习武，武艺高强，最常用的武器是一对熟铜锏，看起来有点儿像铁棍，但比铁棍重多了。在小说里，秦琼的这一对锏有一百三十斤，能挥舞这么一对锏杀敌，可想而知，秦琼的武力有多强。有一次，秦琼和尉迟恭比武，比了好几个回合都不分胜负，最终决定，两人一起劈石头，看谁最快把石头劈开。秦琼拿着双锏，只用了两下，就把一块巨大的石头给打裂了，围观的人们都惊叹不已。

除了武艺高强外，秦琼还很仗义。有一次，他负责押送犯人，走到半路上，看到有几十个强盗围住了一伙官兵，便奋不顾身地上前营救，而他救的这些人，竟然是日后唐朝开国皇帝李渊一家人。后来，秦琼投奔李渊，很受重视。有一段时间，唐太宗一直做噩梦，秦琼就和尉迟恭一起站在门外为皇帝守夜，当天晚上唐太宗没有再做噩梦，非常高兴，想让两人一直守夜，但又怕他们太辛苦，于是就让人画了他们的画像，贴在门上。从此以后，唐太宗再也没有做过噩梦，而秦琼和尉迟恭就成了千家万户的守门神。

程咬金

人物特点：擅使双斧、率直坦诚

程咬金是《隋唐演义》中秦琼的好兄弟，他力大无穷，武艺也很高强，使用的武器是两把大斧头。而实际上，在真正的历史中，程咬金的武器是一把马槊，有点儿像长枪，主要是在马背上使用的。

程咬金家道中落后，为了维持生计，经常会埋伏在半路抢劫，但他从不欺负穷人，只抢富人，又因为他实在是太厉害了，每次打仗的时候，只要他加入其中，战场的形势就会发生变化，所以有一句俗语，叫“半路杀出个程咬金”，意思是发生了意想不到的事情。

单雄信

人物特点：仗义大方、宁死不屈

单雄信是《隋唐演义》中远近闻名的侠义之士，和哥哥单雄忠一起住在二贤庄，是当地的一个大地主。他长相英武，家里比较有钱，为人又大方豪爽，喜欢交朋友，所以经常会救济各地的英雄好汉。

有一次，李渊被敌人追杀，单雄忠正好路过，便想过去看看发生了什么事儿，说不定还能帮上一把。他想救李渊，没想到李渊却误以为他是敌人，一箭把他射死了。单雄信见哥哥去世，非常悲痛，从此恨透了李渊。

后来，单雄信和好兄弟秦琼、程咬金等人一起投奔了瓦岗军，但没过多久，瓦岗军就被打败了。大伙儿各奔东西，秦琼等人投降了唐朝，单雄信则投靠了另一支起义军，首领名叫王世充。可王世充的实力也不强，很快就被李世民包围，单雄信也被俘虏了。

秦琼、程咬金等人为单雄信苦苦哀求，但李世民认为单雄信必不会为他所用。最终，单雄信还是被李世民杀了。

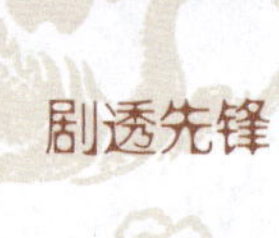

《隋唐演义》就是这么回事儿

《隋唐演义》是一部很有意思的小说。“演义”指的是在历史事实的基础上加一些想象的细节写成的小说，因此，《隋唐演义》是一部历史演义小说。但同时，它刻画了秦琼、程咬金、单雄信等英雄好汉，所以它又可以算是一部英雄传奇小说。《隋唐演义》代表着当时小说创作的一种趋势，对后世的文学创作产生了深远影响。

这时候还享乐

隋朝末年，有一个英雄好汉，名叫秦琼。他父亲是一位大将，但家道中落，他不得不当了一名捕快，负责缉捕犯人。有一次，他押送完犯人，回家途中把钱花光了。无奈之下，他只好把自己的兵器卖了。但就算这样，也凑不够回家的钱。听说当地有一位名叫单雄信的好汉，乐善好施，经常救济各路英雄，于是，秦琼便带着自己的马去找单雄信，打算卖马换钱。单雄信不认识秦琼，以为他就是个卖马的商人。听说他是齐州人，单雄信便问他认不认识秦琼，还说自己早就听说了秦琼的大名，一直想和秦琼做朋友，但一直没有机会见到。

秦琼一看，单雄信家财万贯，衣着华贵，而自己却穷困潦倒，衣衫破旧，不好意思承认自己就是秦琼，只好随便编了个名字。卖完马回到客店后，秦琼连夜就出发回家，结果没走多远，竟然生病了，晕倒在一家寺庙里。正好单雄信来这家寺庙上香，偶然知道了秦琼的真实身份，就带他回自己家里养病。秦琼在这里结识了许多英雄好汉。

与此同时，隋炀帝杨广夺得了皇位，奢侈浮华，压榨百姓，各地爆发了不少农民起义，但隋炀帝却沉溺于享乐，根本不在乎。

天下大定，唐朝建立

秦琼在单雄信家里养了一段时间的病，归心似箭，想回家去看母亲。单雄信知道劝不住秦琼，就给他准备了许多银子，又怕他不接受，偷偷地塞在他的包袱里。秦琼走到半路，住在客店里时，发现了这些银子。店主一家以为秦琼是通缉犯，想着他的钱本来也不干净，打算霸占这些钱。秦琼和店主人大打出手，最后被官府抓住，判了罪流放到了外地。单雄信怕秦琼在外地举目无亲，遂修书一封，托当地朋友照应他。就这样，秦琼又认识了一大批好朋友。

秦琼结束流放回到家里，没待多久，就又跟着隋朝军队去讨伐高句丽，立了大功。秦琼本该论功受赏，不想被昔日仇家认出，险些被杀。秦琼实在没有办法，只好从军队里逃出来，跑到了瓦岗寨，成了瓦岗军的首领之一。

当时，另一支起义军的首领李渊逼迫着隋炀帝的孙子杨侑把皇位让给了自己，建立了唐朝。李渊又派出儿子李世民去镇压其他起义军，李世民打了胜仗，游兴大发，外出射猎，结果被秦琼和程咬金抓住了。程咬金欲杀李世民，秦琼忽见五爪金龙现出来，才知李世民是真命之主，忙阻止了程咬金。后来，他们放了李世民，又投降了李渊，成了唐朝的大将。

安史之乱爆发

唐朝建立后，在秦琼等大将的帮助下，统一了天下。李渊让长子李建成当了太子。李建成的弟弟李世民武艺高强，立下了许多战功，李建成心里很忌惮他，就拉拢了另一个弟弟李元吉，一起针对李世民。李世民很不满，干脆发动政变，杀死了李建成，又逼着李渊让出皇位，自己当了皇帝。此时，秦琼的年纪已经很大了，就辞官回到了老家。后来，秦琼的母亲去世，他也悲伤过度，生病去世了。

李世民当了皇帝之后，有一个非常宠爱的妃子，名叫武媚娘，后来出宫当了尼姑。太子李承乾谋反，李世民非常生气，把他贬成了庶人，又让自己的另一个儿子李治当了太子。李世民去世后，李治去寺庙里上香，见到了武媚娘，非常喜欢她，便把她接回了宫，让她当了皇后。

李治去世后，他的儿子李显和李旦先后继位，与此同时，武媚娘的权力越来越大，最终，她逼迫着李旦将皇位让出来，自己当了皇帝，也就是武则天。后来，唐玄宗继位，非常宠爱杨贵妃，晚年时变得昏庸起来，导致了安史之乱的爆发，唐朝走向了衰落。

程咬金和尤俊达听说有皇杠[①]路过，便打探到时间和路线，抢劫了皇杠。当地官员听闻皇杠被抢，非常生气，便让秦琼负责追捕嫌犯。秦琼百般探查都没有结果，郁闷之下，和程咬金等人一起去喝酒，席间说起此事。

第二十三回
《酒筵供盗状生死无辞 灯前焚捕批古今罕见》
（节选）

座间朋友一个个吐舌惊张。事不关心，关心者乱。尤俊达在桌子下面捏咬金的腿，知会此事。咬金却就叫将起来道："尤大哥，你不要捏我，就捏我也少不得要说出来。"尤员外吓了一身冷汗，动也不敢动。叔宝问道："贤弟说什么？"咬金斟一大杯酒，道："叔宝兄，请这一杯酒，明日与令堂拜寿之后，就有陈达、牛金，与兄长请功受赏。"叔宝大喜，将大杯酒一吸而干，道："贤弟，此二人在何方？"咬金道："当初那解官错记了名姓，就是程咬金、尤俊达，是我与尤大哥干的事。"

① 皇杠：大臣送给皇帝的礼物。

众人听见此言，连叔宝的脸都黄了，离座而立。贾润甫将左右小门都关了，众友都围住了叔宝三人的桌子。雄信开言：“叔宝兄，此事怎么了得？”

……

叔宝在招文袋内，取出捕批来与雄信。雄信与众目同看，上面止有陈达、牛金两个名字，并无他人。咬金道：“刚刚是我两人，一些也不差，拜寿之后，同兄见刺史便了。”雄信把捕批交与叔宝。叔宝接来，“豁”的一声，双手扯得粉碎。其时李玄邃与柴嗣昌两个来夺时，早就在灯上烧了。

程咬金劫了皇杠被朝廷通缉，但为了让秦琼能够交差，当场承认了自己的罪责。秦琼为了保全朋友，把捕批的文书撕碎烧了，让程咬金得以逃命。两人互相为对方着想，坦荡真诚，兄弟情深。

义之所在，义不容辞

《隋唐演义》既是一部历史演义小说，又是一部英雄传奇小说，它塑造了许多英雄人物，这些人物有的聪明，有的正直，但都有一个最基本的特点，就是非常有义气。

这些英雄人物对朋友很仗义，非常真诚。比如单雄信被李世民抓住将要押赴刑场处决的时候，秦琼等人一直在为他求情，程咬金用自己一家人的性命保证单雄信一定不会造反，秦琼甚至提出要用自己的命换单雄信的命。再比如李密背叛了唐朝，被李世民追杀的时候，他的好兄弟王伯当一直都跟随着他。后来，李世民包围了李密，下令乱箭射死他的时候，王伯当还拼命抱着李密，用自己的身体为他挡箭，最终两个人一起死在山涧里，令人叹息敬佩。

同时，这些英雄们还对父母非常孝顺。秦琼参与瓦岗军的时候，偷偷放了李世民。李世民觉得秦琼很有能力，就想把他拉拢过来，于是派人去把他的母亲接了过来。秦琼得知母亲被带到李世民那边的消息后，便毫不犹豫地投奔了李世民，成了唐朝大将。

以“义”为上的英雄传奇小说在中国古代文学史上并不少见，在四大名著之一的《水浒传》中，各位英雄就是义字当头，以义为重。那为什么英雄传奇小说里会特别强调“义”字呢？一方面，中国古代尊崇儒家思想，而儒家思想倡导的就是忠义，这么一来，小说自然也要追求“义”。另一方面，这些作品写的大部分都是乱世的事儿，百姓们日子过得很不好，自然就希望能有一些讲义气的英雄人物，来救他们于水火之中。《隋唐演义》这样的英雄传奇小说，正表达了广大民众对英雄人物的崇拜与向往。

唉，强盗跑了！
啊！
那强盗就是我！
哇！
呼！
批捕
好！
衙门里
你们都犯罪了！
呜！

程咬金

秦大哥，我知道你是为我好，但你先别烧啊！

李渊

当时救我的人居然是你？那我必须得谢谢你！

单雄信

没钱跟我说啊，卖马干什么？

扫二维码，听精彩讲解

图书在版编目（CIP）数据

乐死人的文学史. 隋代篇 / 窦昕主编. — 北京：石油工业出版社, 2024.5

ISBN 978-7-5183-6636-1

Ⅰ.①乐… Ⅱ.①窦… Ⅲ.①中国文学–古代文学史–隋代 Ⅳ.①I209

中国国家版本馆CIP数据核字(2024)第074658号

乐死人的文学史·隋代篇

窦昕　主编

出版发行：石油工业出版社

（北京安定门外安华里 2 区 1 号100011）

网　　址：www.petropub.com

编 辑 部：（010）64523616　64252031

图书营销中心：（010）64523731　64523633

经　　销：全国新华书店

印　　刷：北京中石油彩色印刷有限责任公司

2024年5月第 1 版　2024年5月第 1 次印刷

710×1000毫米　开本：1/16　印张：8.75

字数：100千字

定价：48.00元

（如出现印装质量问题，我社图书营销中心负责调换）